U0926229

插图本

# 浮生六记

[清]沈复 著
张佳玮 译
林曦 绘

天津出版传媒集团
天津人民出版社

果麦文化 出品

余生乾隆癸未冬十一月二十有二日。正值太平盛世，且在衣冠之家，居苏州沧浪亭畔，天之厚我可谓至矣。东坡云『事如春梦了无痕』，苟不记之笔墨，未免有辜彼苍之厚。

芸既长，……一日，于书簏中得《琵琶行》，挨字而认，始识字。刺绣之暇，渐通吟咏，有『秋侵人影瘦，霜染菊花肥』之句。

若以木本花果插瓶，……必先执在手中，横斜以观其势，反侧以取其态。相定之后，剪去杂枝，以疏瘦古怪为佳。

萧爽楼有四忌：

谈官宦升迁、

公廨时事、

八股时文、

看牌掷色……

有四取：

慷慨豪爽、

风流蕴藉、

落拓不羁、

澄静缄默。

于土墙凹凸处，花台小草丛杂处，常蹲其身，使与台齐，定神细视：以丛草为林，以虫蚁为兽，以土砾凸者为丘，凹者为壑，神游其中，怡然自得。

# 译 记 [ 代序 ]

秋天乍接到要求，请将《浮生六记》译作现代文时，我挺费了番踌躇：翻译文言文，尤其是妙文，从来吃力不讨好。中国明清之后好文言文，妙处多不在辞藻铺排，而在文气流动、词采精炼，假设文章如酒，经了翻译，便成米饭，少了醇酽的韵致。

最后答应下来，几个缘由。一自然是出版方给了极大的自由度；二是《浮生六记》毕竟散文叙写家常事，不是微言大义、错一个字就要杀头的经典；三是作者沈复沈三白，苏州人，所写情状，大多在江南，而我是无锡人，沈复所写的江南吴地风情样貌，大多见识过了。如果他出身雁门代北，专门写平沙漠漠，我大概也无从措手了。

翻译这文章之前犯过一阵难，因为逐字逐句地翻译过来，虽然浅近明白，但过于机械，文采风流，不免全失；擅自用现代语全然改写，又不太像话。林语堂先生曾经有过全本翻成英语之举。想一想，倘若直接翻成另一种语言，虽说更难些，倒真可以死心塌地，不用考虑汉语原味的问题了。

后来开始动手时，我的选择，还是尽量按着原文节奏来翻，句式字眼，尽量保留，只是翻译之外，另加了些虚字垫字，偶尔加一句话来解释前文所省，以求文气通透。打个比方，原文如骨，那么我所做的，就是在起承转合间加一些筋肉，尽量保持文脉流畅，读来也好咬嚼些。当然，如此处理，许多句子就近于白话文了。好在原文多以叙述日常生活各类事项为主，希望也不会因此显得过于突兀。

众所周知，《浮生六记》说是六篇，如今仅存四卷。“浮生”二字，是李白所谓“而浮生若梦，为欢几何”。四篇文字，除了《坎坷记愁》，剩下三章，还真都是谈论生活细节、为欢之事：闺房之乐、诗酒之乐、游玩之乐，都是典型中国文人的清淡闲雅情致。其《闲情记趣》一章里，谈论养花寻石、布设园林的段落，颇有趣味，可见沈复是位实干动手型的，倒不像其他名家，只是指点评论一下便过去了；《浪游记快》，也因为他幕游在外的身份，以及穷困潦倒还不忘去郊游的旺盛精力，显得很是热闹，风景层叠，目不暇接。

当然，若要挑剔，则沈复的文笔见识、详略取舍，并不比李渔、张岱那些大师们强，文中自然也不免如袁枚先生那类乾隆年间才子们似的，时不常要显摆一下“兄弟我这个也是懂的”的劲儿，以及“这里其实未必要写，但我舍不得删嘛”的调调。但好在，如他自己篇首自谦所云，这文章“不过记其实情实事而已”。吹毛求疵，则他许多叙述，未必如他自己想象的那么有趣，但在“如实道来”方面，细微曲折，都点到了。沈复虽然是读书人，而且时时标榜好诗文喜风雅，还以林和靖自况，但性格上却是典型江南市民：好热闹，喜交友，声色美景娱目的，他都不讨厌。所以记叙下来，虽然许多事平铺直叙，也算是热热闹闹。所谓不以文胜，而以质取吧。倘若说《金瓶梅》全书，可以当作明时市井风物的百科全书来看待，《浮生六记》也可以当作乾隆年间苏州书生家庭市井的一幅卷轴画来欣赏——还是加了大量风景描绘的山水卷轴呢。

也因为沈复这般不厌其烦娓娓道来，我们才得以隔了二百余年，还领略到他那位夫人陈芸的风采。《闺房记乐》是为本文的核心精华所在，而芸又是核心中的核心。林语堂先生说芸是“中国文学中一个最可爱的女人”，诚非过誉。实际上，读完全篇，我都产生了“沈复简直配不上他妻子”的念头。自然你可以说，在那个男尊女卑的时代，沈复对他妻子已经算是极好了。而芸的出色，也恰是在细节中呈现：身为一个父亲早丧、独自靠女红养活一家、自学认字的才女，沈复很喜欢描写她如何可以陪自己在闺房中谈诗论书、赏月饮酒，这也是此书情致动人、独一无二的所在：自来才子喜欢描述佳人名妓狎玩故事（沈复当然也写了类似篇章），但如此深情描写自己的夫人，却实在罕见罕闻；芸也的确是个心路活泼的妻子，比如，敢于女扮男装去看庙会，能够雇了馄饨担子为丈夫的赏花会温酒，主动为丈夫谋妾室，也有主意为自家公公找姬妾，诸如此类，乍读觉得实在是个有趣的女子；但略多读几遍可知，芸最可贵处，是她风雅感性之后的缄默沉静。

在一个并不那么良好，除了丈夫的疼爱外无甚长处的家庭环境里头当媳妇儿，她默默地担负着许多东西，居然还能过出安贫乐道的闲散风雅劲来。古来通文辞、善解语的才女和通情达理、痴情一往的妻子许多时候是矛盾的，但在芸身上，浑金璞玉地凑成了一体。甚至在沈复略带得意地谈论自己放意浪游、大兴诗会的那些篇章之后，你都能感觉到芸温柔又宽和的笑容。古来肯布衣蔬食过日子的夫妻，许多是迫于无奈；平心而论，沈氏夫妻过的日子着实清寒不易，许多时候得苦心经营，才能过得下去，最终难以为继，妻子早逝，也足令人扼腕，但在此之前的漫长时光里，终于还能过出风流倜傥，甚至清暖温柔的味道来，里里外外，无一处不是芸的光彩。

如开头所述，翻译古文本就是吃力不讨好的事，保留原文况味而又易于理解，实难两全。我所做的，也只是仿制了一个框架，涂抹上原文的色彩，假装《浮生六记》就是这个样子了。倘若文章中还能有什么妙处，应当归功于沈复的经历和芸的神采；而有不恰当的，大概就都是我的问题了。

张佳玮<br>2014年12月15日<br>于巴黎

# 目 录

[ 译文 ]

[原文]

# 闺房记乐

我生在乾隆二十八年，即癸未年冬天的十一月二十二日。时值太平盛世，生在衣冠士绅的体面人家，又住在苏州沧浪亭畔，苍天厚待于我，真是无以复加。苏东坡诗云“事如春梦了无痕”，逝去的时光，若不以笔墨记下来，便了无踪影，未免辜负苍天的厚爱。

想想“窈窕淑女，君子好逑”的《关雎》，乃是《诗经》三百篇之首。把夫妇情事列在首卷，余下依次列就——我也按此例办理吧。

惭愧的是，我年少时没好好念书，学问不大高明，不过记下些实情实事而已。若读者诸君必得考订挑剔我的文法句子，那就好比对着脏镜子，挑剔它不够亮了。

我少年时，与金沙的于氏订过娃娃亲，八岁上她去世了。我后来娶的妻子陈氏，名芸，字淑珍，是我舅家亲戚心馀先生的女儿。她自小聪颖明慧，学说话时，听讲一遍《琵琶行》，便能背诵。四岁时，她丧了父亲，亲眷便只剩母亲金氏、弟弟克昌了——一时家徒四壁，无所凭依。芸年纪稍长后，女红习得娴熟，便为人做一些针线活。那时节，家里的三口，都靠她十指操劳过活；甚至她还担负弟弟克昌求学识字的费用，让他学业完整，不致有缺。

一天，芸在书簏上翻到一册《琵琶行》，因为能背诵，便一个字一个字对照认着，这才开始识了字。她做刺绣的闲暇时光，渐渐也通晓了吟咏诗词，写过“秋侵人影瘦，霜染菊花肥”这般句子。我十三岁时，随母亲回家探亲，见了她所作的诗，虽然感叹她才思隽秀，私下里却怕她福泽不深。然而心意投注，不能释怀，便告诉母亲道：

“若为儿择妻子，则非淑姐不娶。”

母亲也爱芸性子柔和，于是脱下金约指作为订礼，和芸的母亲商定亲事，缔了婚约：那是乾隆四十年七月十六日的事。

那年冬天，因为芸的堂姐嫁人，我又随母亲去她家观礼。芸与我同岁，长我十个月，自幼姐弟相称，所以我仍然称呼她淑姐。当时只见到满室鲜衣华服，唯独芸通体素淡，只鞋子是新的。看那鞋子，绣制精巧，问过，知道是她自己做的，才领会到她蕙质兰心，不只在笔墨上。她削肩膀长脖颈，瘦不露骨，眉弯目秀，顾盼之间，神采飞扬，唯有两齿微微露出，算是相貌上面，略微美中不足之处。情态缠绵，让人神消。

我问她要了诗稿来读，有的诗仅一联，有的仅三四句，多是零散、未能成篇的。问她缘故，她笑答："没有老师指点，就写出来这般；只希望遇到能当老师的知己，把这些句子推敲补完了。"我给那些诗一并题了签道"锦囊佳句"，那是当年唐朝早逝诗人李贺的典故，当时如此，是戏笔，揣着开玩笑的心思，却不知道她后来夭寿的命运，已经在此伏下了。

当夜送亲戚到城外，回来时已经三更。我肚子饿，想找吃的。老婢女给我枣脯吃，我嫌太甜了，芸便暗地里牵我的袖子。我跟她到房间里，见她藏着暖粥和小菜呢。我欣然举箸，正待吃时，忽然听见芸的堂兄玉衡嚷嚷："淑妹快来！"芸急忙关门，应道："我累了！要睡了！"玉衡已经挤将进来，见我正要吃粥，便笑睨着芸说："刚才我要粥，你说吃完了；却藏粥在这里，专门招待你夫婿吗？"芸窘迫至极，夺门躲走了。这一来一去，惹得全家哄笑。我也负气，拉着老仆人先回去了。

自从吃粥被嘲弄后，我再去芸家里，她便都躲起来。我知道，她这是怕人笑话。

到乾隆四十五年，正月二十二日，我俩成婚之日，我看芸的身材，依然瘦怯怯的一如往昔。揭了头巾，两人相视嫣然。喝罢合卺酒后，两人并肩吃饭。我在桌案下，暗暗握她的手腕，只感暖尖滑腻，胸中不觉怦怦心跳。她说自己已经吃了几年斋了。我暗暗计算她开始吃斋的时候，恰好是我当年出水痘的日子，便明白她所以吃斋，全是为我祈福。于是笑对她道："如今我肌肤光鲜，没被水痘怎么着，姐姐可以从此开戒了吗？"芸眼藏笑意，点了点头。

二十四日，我姐姐要出嫁，又二十三日是国忌，不能奏乐，所以我们成婚是在二十二日。芸出堂应付宴会招呼客人，我在房里和几个伴娘们划拳。我输得太多，喝酒多少，自己都不记得了。只记得醒过来时，芸已在梳理晨妆了。当日亲朋好友络绎不绝，等上了灯才开宴，很累人。二十四日子时，我作为大舅子送嫁，回来时已经灯残人静了。我悄然进房间，随嫁婆娘在床下打盹儿；芸卸了妆，还没躺下，点着银烛，低垂粉颈，不知道看什么书如此入神。我于是抚她的肩道："姐姐连日辛苦，为什么还孜孜不倦呢？"芸忙回头站起说："刚正想睡，开书橱见了这本书，不觉读着，就忘了倦意了。《西厢记》我闻名已久，今天才算得见，确实不愧才子之名，只这描写，未免有些尖酸刻薄了。"我笑道："也只有才子，笔墨才能尖酸刻薄。"随嫁婆娘在旁催我们睡觉，我便让她关门先走，自己和芸并肩调笑，仿佛密友重逢。伸手探她的心口，也是怦然不止，于是俯到她耳边问：“姐姐的心跳，怎么如此，像舂米似的？”芸回眸微笑。我只觉一缕情丝摇人魂魄，便将芸拥入帷帐，缠绵怜爱，不知东方之既白。

芸做了新娘子后，起初很是沉默寡言，一整天都不见她动气。跟她说话，微笑而已。侍奉长辈很尊敬，对待下人很温和，井井有条，并无缺失。每天她见着日头上窗，就披衣急起，好像有人在呼促她似的。我笑道：“如今又不能跟当日吃粥时相比了，怎么还急匆匆怕人嘲笑呢？”芸说：“以前藏粥招待夫君你，传为话柄。今天倒也不是怕嘲笑，是怕公婆说新娘懒惰嘛。”我虽然追恋卧榻，却也觉得她这么端正，真体现了她好品德，于是也随她一并早起。从此我们耳鬓厮磨，形影不离，爱恋之情，无法用语言形容。

然而欢娱的时光总是易过，转眼间新婚足月了。当时我父亲稼夫公在会稽郡当幕僚，专门负责接待。他推荐我到武林的赵省斋先生门下学习。赵先生授课循循善诱，我今天还能握笔写文章，都是拜他所赐。我之前归家完婚时，原是跟赵先生说好了，婚后还要随侍回馆，继续学业的。接到先生催我回馆的信后，心情很是怅然，怕芸会难过堕泪。而芸反而强颜欢笑，劝勉我出发，代我整理行装。当晚，她只是神色略微有些异常罢了。

临行前，芸轻声道：“出门在外，没人照顾你，此去自己小心在意！”登船解缆出发时，正是桃李争妍的时节，而我则心绪恍惚，仿佛林鸟失群，天地变色。到了书馆后，我父亲便渡江东去了。

我在书馆待了三个月，觉得像过了十年般漫长。芸虽然时时有书信寄来，总是规规矩矩，只问平安与否、道家里甚好勿念——多是些勉励的话语，我也都回些浮淡套话，心里很是快快。每当竹院里起风、盈窗芭蕉托起月轮的时节，对景思人，不免梦魂颠倒。赵先生得知了情由，便给我父亲写信告知，又出了十道文题给我，让我暂且回家。我欢喜得很，简直像边疆卫戍将士得了赦令放归故乡似的。等上了回家的船，反而急切了，只觉得船上那会儿工夫，熬得真是度日如年。

等我到了家中，去母亲处问过安，回自己房间，芸站起相迎，我俩执手相看，一句话都说不出来，仿佛两人的魂魄，恍恍然化为烟雾，耳中豁然响了一声，都感觉不到自己了。

那时是六月光景，内室里炎热蒸熏，幸而我们住在沧浪亭爱莲居西侧，板桥旁有个临水小轩，名叫“我取”，取之于孟子“沧浪之水清兮，可以濯我缨；沧浪之水浊兮，可以濯我足”。檐前有一株老树，绿荫浓密，覆在窗上，连人带轩里那挂的画都是绿的。隔岸游人往来不绝。这是我父亲稼夫公垂帘开宴招待客人的所在。我禀明了母亲，带芸来此处消夏。因为暑热，芸便停了女红，终日只伴着我研习书卷、谈论古史、品月评花。芸不擅长喝酒，强劝她，也不过能饮三杯，我就教她“射覆”这种行酒令的法子，于是夫妻饮酒作乐。我自以为人世间的欢乐，无过于此了。

有一天，芸问我道：“各种古文，尊奉哪家的文章才是呢？”

我道：“《战国策》《庄子》，取他们的轻灵明快；匡衡、刘向的文字，取他们的风雅雄健；司马迁与班固，取他们的博大；韩愈取其浑然；柳宗元取其峭拔；欧阳修的文章取其逸宕；三苏父子的文章取其思辨；其他如贾谊、董仲舒的策论对答，庾信和徐陵的骈体，陆贽的奏议，可取之处不能全然举尽，只看各人的慧心领会啦。”

芸便说：“古文机要，全在见识高卓、气派雄浑，女子学了，恐怕难以掌握呢。唯有诗这方面的学问，我稍有些领悟。”

我问：“唐以诗歌选拔士子，而诗歌的宗匠，必推李白和杜甫。卿喜欢师法哪一位呢？”

芸发议论道：“杜甫的诗锤炼精纯，李白的诗潇洒落拓。与其学杜甫的森严，不如学李白的活泼。”

我问：“杜工部是诗家的大成，学诗的人大多师法效仿于他，你独喜欢李白，为什么呢？”

芸说：“格律韵辙严谨、词语主旨老成，诚然是杜甫独一无二，但李白的诗宛如《庄子》所说姑射山上餐风饮露的仙子，有一种落花流水的趣味，令人喜欢。并非是说杜甫不如李白，只是妾身私心里，师法杜甫的心比较浅，爱李白的心更深些。”

我笑道：“开始时可没料到，陈淑珍是李白李青莲的知己啊！”

芸笑道：“我诗歌的启蒙始自白居易先生，时常感怀，从未遗忘过。”

我问：“为什么这么说呢？”

芸道：“白居易不就是作《琵琶行》那位吗？”

我笑道：“好奇怪啊！李太白是知己，白居易是你启蒙老师，我又恰好字三白，是你的夫婿。卿你与‘白’这个字，怎么如此有缘呢？”

芸笑道：“跟白字有缘，将来怕就要白字连篇啦。”（吴语里“别字”念做“白字”）

我们一起大笑。

我说：“卿既然懂诗，也当知道赋的取舍好坏了。”

芸道：“《楚辞》是赋的始祖，妾身学识浅，很费解。就汉朝晋代的人里头，格调高妙语言精练的，似乎觉得以司马相如为最。”

我开玩笑道："当日卓文君跟着司马相如私奔了，或者不因为他的琴曲《凤求凰》，而在于这点了？"于是又彼此大笑。

我性格爽直，落拓不羁。芸却有些像迂腐的儒生，拘泥多礼。偶尔我为她披衣，或整理袖子，她必然连声道"得罪"；有时彼此递巾给扇，她必起身来接。我一开始很烦这点，道："卿想以礼数来绑缚我吗？有道是'礼多必诈'。"芸两颊发红，道："恭敬而有礼，怎么反而说我诈呢？"我说："恭敬在于心，不在于虚文浮礼。"芸道："至亲莫如父母，我们可以对父母内心恭敬，外在却表现得放肆狂浪吗？"我听她有理，只好说："前头我说的话，开玩笑呢。"芸说："世间各类反目的事，大多因开玩笑而起，以后不要冤枉妾身了，真让人郁闷死呢！"我于是挽她入怀，抚慰她，芸这才破颜而笑。从此之后，"岂敢""得罪"，竟然成了我们夫妻间常用的口头禅了。夫妻互相敬爱，二十有三年，如梁鸿孟光举案齐眉，时间越久，感情越密。

我俩在家，偶尔暗室里相逢，或者窄路上遇到，必然互相握手问："去哪儿？"开始还私心惴惴，像怕被人看见似的不好意思。实际上起居坐卧总在一起，开始还有些避人，久而久之习惯了，便不以为意。芸偶尔与人坐着聊天，见我来了，必然站起，偏挪身子，我就靠着坐她身边，彼此也不觉得这样有什么。开始还有些不好意思，继而就成了自然而然了。我便奇怪：有些老年夫妇，把彼此当仇人看待，不知是为什么？还有人说：不这样争争吵吵，怎么能白头到老呢？如今想想，当真是这样吧？

那年七夕节，芸设摆了香烛瓜果，和我一同在“我取轩”里头拜织女。我镌刻了两枚“愿生生世世为夫妇”的印章，自己拿了阳文印，芸拿了阴文印，作为往来书信盖章之用。当夜月色甚佳，俯视河水中，波光如白练，我俩持轻罗小扇，并坐在水窗边，仰头看飞云过天，变幻万端。芸道：“宇宙之大，共享着这一个月亮。不知道今天这世上，是否也有别家夫妻，有如我俩这样的感情兴致么？”我道：“纳凉赏月的人，到处都有。如果是品评谈论云霞、在深闺幽阁里诗情画意、两心相许的夫妻，也一定不少。但如你我夫妻两个，只在一起诚心看月观云的，怕就没什么了。”不久，蜡烛燃尽，月亮西沉，我俩撤了瓜果，回去睡了。

七月十五日，俗称鬼节，芸备了小酌用的酒菜，预备对月畅饮。当夜忽然阴云密布，芸愁着脸祝祷道：“如果妾身能与郎君白头偕老，就让月轮出来吧！”我也觉得不高兴。只见到隔岸萤火虫光芒，明灭万点，在柳堤蓼渚之间，密密流动如织。我只好与芸联句来排遣郁闷情怀，联了两韵后，开始不按规矩来，东拉西扯，随口乱说。芸笑得流泪，倒进我怀里，说话都不成声了。

我嗅到她鬓边茉莉花，浓香扑鼻，于是拍她的背，想岔些话题来开解她，便道："古人认为茉莉形状色彩如同明珠，拿来助妆压鬓正好；却不知道这花一定会沾染油头粉面之气，你戴着，这茉莉沾染了油粉，香得更可爱了，我们供的佛手，都该退避三舍啦。"芸于是停住笑说道："佛手是香中的君子，香味幽淡，只在有意无意之间；茉莉是香中的小人，所以须得借人的势头，香味也像胁肩谄笑似的不正经。"我问："那卿为何戴着茉莉花，远离君子、亲近小人呢？"芸道："我笑你这样的君子，却爱我这样的小人呢。"

正说话间，已到三更天了，渐渐望见风扫云开，月亮涌出云海来，我俩大喜。倚窗对饮，还没喝到三杯酒，忽然听见桥下哄然一声，像是有人掉进河里了。我伏在窗口看，水波明亮一如镜子，什么都没有，只听见河滩有鸭子急奔的声响。我知道沧浪亭畔，向来有淹死的水鬼，怕芸胆怯，没敢说。芸道："呀！这声音，怎么来的？"不禁全身发抖。我们急忙关了窗，带着酒回了房间，灯光熹微，细弱如豆粒，罗帐低垂，杯弓蛇影，惊魂未定。灭了灯进帐睡下时，芸已经惊得寒热发作了。我也跟着生病，一起卧床二十来天。真所谓乐极生悲。细想来，这也是我俩无法白头偕老的坏兆头。

到了中秋节，我的病痊愈了。想着跟芸新婚半年，还从没去过隔壁的沧浪亭呢，便先让老仆人去跟守亭的人说，当夜别放闲人进去。到天将晚时，我陪着芸和自家小妹，由一个老仆妇、一个婢女扶着，老仆人做前导，我们过了石桥，进门向东转，沿着曲径进去。望见叠石成山、林木葱翠，亭子在土山顶上。我们循着台阶到亭心，极目四望，可以看见周围数里远近，但见炊烟四起，晚霞灿烂。隔岸那叫作“近山林”的所在，是大宪行台宴集的地方，当时正谊书院还没开办呢。我们拿一条毯子铺在亭子中，大家环环围绕席地而坐，守亭人烹了茶端来给我们。过了一会儿，一轮明月上了林梢，渐渐觉得风生袖底，月亮映到波心，心间的俗世杂念爽然消释。芸道：“今天这趟游玩真是快乐！如果驾一叶扁舟，往来于沧浪亭下，不是更快活么！”那时已到上灯时节，我忆起七月十五夜的惊吓，心有余悸，于是大家互相扶着，下了亭子，回家去了。吴地的风俗，八月十五夜，妇女们不管是大门小户，都要出门，结伴游玩，有个名目，叫“走月亮”。沧浪亭幽雅清旷，于是反而没其他人来了，乐得清净。

我父亲稼夫公喜欢认义子，因此我的异姓兄弟有二十六人之多。我母亲也有九个义女，九个人里头，王二姑、俞六姑与芸最和睦交好。王二姑憨厚爱喝酒，俞六姑豪爽很健谈。每次大家碰头，她们必然把我请出门外，然后三位妇人家自己聊天，这都是俞六姑的计策。我笑道：“等妹子你嫁人后，我当邀请妹夫来，跟我一住十天。”俞六姑道：“那我也来，与嫂子睡一起，不是很妙吗？”芸与王二姑听我们斗嘴，只在一旁微笑。

当时因为忙着为我弟弟启堂娶媳妇，家里迁居到了饮马桥的仓米巷。房子虽然宽敞，却不复沧浪亭的幽雅了。

我母亲生日请人来演戏，芸初看觉得奇观，我父亲却素来不忌讳，点演了《惨别》等悲剧，老伶人表演得很是鲜活，观者都不由动情。我窥看女眷们的帘子，发现芸忽然起身离去，入内之后，许久不出来，便也进房间去探视，俞六姑、王二姑二位，也相继跟来。进了房，只见芸一个人托着腮，独坐在镜窗旁，我问她：“怎么这么不快活？”芸道：“看剧原本用以陶冶情操，今天的戏，只徒然让人断肠罢了。”俞六姑和王二姑都笑她，我道：“这却是你用情至深的所在呢。”俞六姑问：“嫂子难道要一整晚在这里，独个儿坐着吗？”芸说：“等有可看的戏，我再出去吧。”王二姑听了，先出去，请我母亲点了《刺梁》、《后索》这些不那么惨然的戏，劝芸出去看，芸这才高兴起来。

我堂伯父素存公过世得早，没有后嗣，我父亲把我过继给堂伯父那一房，来延续他们家的香火。素存公的墓在西跨塘福寿山祖坟旁，每年春天，我必然带着芸一起去祭拜扫墓。王二姑听说那附近有“戈园”这处胜地，便要求跟我们一同前往。

扫墓时，芸看见地下乱杂的小石头上有青苔纹，斑驳好看，便指给我瞧，道：“用这个叠盆景假山，比起宣州白石，更有古韵风致呢。”我说：“像这般的石头，恐怕难以多得。”王二姑说：“嫂子当真喜欢这个？我来拾就是。”便向守坟人借了个麻袋，点着步子去拾。每捡到一块，我说“好”，即收进袋子；我说“否”，便丢掉。没一会儿，王二姑粉汗盈盈，拽着袋子回来道：“再捡便没力气啦。”芸边拣边玩笑说：“我听说收获山果，必须借重猴子，果然啊！”王二姑听她这话，便撮起十指，来呵芸的痒。我赶忙拦住，回头说芸：“人家劳碌，你自清闲，还说这种话，也不怪妹妹要生气。”

归途之中，我们去游“戈园”，正当春日，只见百花稚绿娇红，争妍竞媚。王二姑素来憨直，看见花便折采，芸便嚷：“既没有花瓶来养它们，又不簪戴在头上，折那么多花做什么呢？”王二姑道：“花又不知痛痒，有啥呀？”我笑道：“将来罚你嫁给麻子脸大胡子的郎君，为你折的这些花泄愤。”王二姑气得怒瞪着我，将采得的花扔在地上，拿莲钩小足拨入池里，说：“干吗欺负我到这地步嘛！”芸笑着开解过，这才罢了。

芸刚嫁进门那段时间很是沉默寡言，喜欢听我发表议论。我引逗她说话，就像用纤草拨弄蟋蟀，渐渐地，她也肯发些议论了。芸每天用餐，必吃茶泡饭，喜欢配芥卤腐乳，吴地俗称此物叫“臭腐乳”，又喜欢吃虾卤瓜。这两样东西，我生平最讨厌了，于是跟她开玩笑道：“狗没有胃，却喜欢吃粪便，是因为它不知道何谓脏臭；蜣螂团粪球而化为蝉，是因为它们想修行高飞。你吃这臭东西，算是狗呢还是蝉呢？”芸说：“腐乳的好处是便宜，而且下粥下饭两便，我小时候吃惯了，如今嫁到郎君家里，已经像是蜣螂化蝉，算得飞升高举了，犹且爱吃这个，是因为不敢忘了本来出身；至于卤瓜的味道，还真是嫁到这里，才初次尝到呢。”我问：“依你这么说，我家算是狗洞吗？”芸窘住了，但也只好强作解释：“粪便这东西，各家人家都有，区别只在各家吃与不吃罢了。然而郎君你喜欢吃蒜，我也勉强吃一些，也是随你喜欢。妾身不敢勉强你吃腐乳，卤瓜这个，您倒可以按着鼻子略尝一尝，咽进去就知其美味了。这就像古代齐国无盐钟离春，容貌丑，可是品德美好啊。”我笑道：“你这是设了陷阱，让我做狗吗？”芸道：“按郎君这么说，我做狗都很久了，就委屈郎君，试着尝尝吧。”便用筷子夹起卤瓜，强塞进我嘴里。我掩着鼻子咀嚼，觉得脆生生似乎还挺好吃，放开鼻子再嚼，居然觉得很是美味，从此也开始爱吃卤瓜了。芸爱用麻油加少许白糖拌腐乳吃，也很鲜美；拿卤瓜捣烂用来拌腐乳，起名叫“双鲜酱”，味道异样美好。我说：“这些东西，开始讨厌，后来却爱上吃了，想来真是不可理解啊。”芸道：“这好比情之所钟，虽然人家丑，你还是不嫌弃了。”

我弟弟启堂的媳妇，是王虚舟先生的孙女。给她下催妆礼时，家里缺了珠花，芸便拿出她当初所受彩礼里头的珠花，呈给我母亲。婢女仆妇在旁，为芸觉得可惜，芸便道："凡身为女人，已经算纯阴之体；珍珠更是纯阴的精华，我用来做首饰，克了所有的阳气，也不好。既然如此，有什么珍贵的呢？"反倒是破书残画这些，芸却极为珍惜。家里的书，凡是残缺不全的，芸便搜集整齐，分门别类，汇集订制成帙，起名叫"继简残编"。破损的字画，芸必然找出旧纸来粘补成幅，有破缺的地方，请我补全好，然后卷起，就叫作"弃余集赏"。她在女红刺绣、主持家务的闲暇，每天这样忙碌于旧书画中，不厌烦倦。芸在破筒烂卷里头，偶尔获得片纸只字还值得一看的，便如得了异宝一般。我家旧邻居冯老太太，知道她这个习惯后，便时常收些乱书卷来卖给她。

芸的癖好既与我相同，而且能察言观色、推敲眉目，所以我一举一动，对她使个眼色，她便心领神会，无不办得头头是道。我曾说："可惜你是女子，性格又安顺，如果能化女为男，我和你一起访拜名山、搜探胜地，遨游天下，不亦快哉！"芸说："这有什么难的？等我两鬓斑白之后，虽不能和你远游五岳，但近地如虎阜、灵岩，南到西湖，北到平山，都可以一起去游玩啊。"我说："怕的是你两鬓斑白的时候，步履艰难，走不动啦。”芸道：“今生如果不能，那么就约定来世吧。”我道：“来世你做男人，我便做女子来跟随。”芸道：“到得来世，可不能糊里糊涂忘了今生这些事，来世才有趣味呢。”我笑道：“我们少年时，一顿粥的事儿，到如今都说不完，如果到来世，我俩还不忘了今生的事，等我们喝合卺酒的花烛之夜，细细谈前生来世的事，更耗时候了，连合眼睡觉的时间都没啦。”

芸道：“世间传说，月下老人专门司掌人间婚姻的事，今生的夫妇之缘已经承他牵合了，来世姻缘也必须仰仗神力。我们何不画一幅月老像来祭祀呢？”当时有苕溪的戚柳堤先生，名字叫遵，善于画人物。我们请他画了一幅月老像：月老一手挽红丝，一手持杖，上头挂着姻缘簿，童颜鹤发，在非烟非雾之中奔驰。这幅画算是戚先生得意之作了，我朋友石琢堂还在画首题了赞语。画到了手，我们便拿来悬在内室，每逢朔日望日，夫妇二人必然焚香拜祷，祈求来世有缘。后来因为家庭多有变故，此画失了踪，也不知道最后落在谁家了。所谓“他生未卜此生休”，两人痴情起来，果然会让神灵注意到吗？

搬到仓米巷后，我给芸的卧楼起名叫“宾香阁”，乃是取“芸”的香意，与“相敬如宾”之故。新居所院窄墙高，毫无可取之处。后面有厢楼，通往藏书所在。开窗正对着陆家的废园，只看见荒凉景象。因此故居沧浪亭畔的风景，时不时切触到芸的心绪。

我家有老仆妇，住在金母桥东、埂巷北边。她家绕屋都种着菜，编起篱笆，就当是门了，门外有约一亩大的池子。花光树影，错杂在篱笆边上。这地方是元末张士诚王府的废址。屋西边，瓦砾堆成土山，登上去可以远眺风景，地旷人稀，颇有野趣。仆妇偶尔说起，芸听得神往不已，对我说："自从离开沧浪亭，梦魂时常萦绕。妾身知道很难回去，想想其次的选择，也就是老仆妇她们家里吧？"我说："连日来秋老虎炎热灼人，正思谋着得一个清凉地方，来躲这暑热的漫长白天。你如果愿意去，我先看定了她家哪里能住，便背着被子铺盖去，盘桓一个月，怎样？"芸道："就怕堂上公婆不许。"我说："我来请示好了。"

第二天，我们到了那地方，见屋子只有两间，前后隔成四段，纸窗竹榻，挺有幽静趣味。老仆妇知道了我的意思，欣然让出她的卧室，四壁糊上白纸，顿时觉得房间风貌改观。于是我跟母亲禀过后，带着芸一起来住。邻居只有老夫妇二人，灌溉菜园为生，知道我夫妇在这里避暑，先来拜邻居，还钓了池里的鱼、摘了园里的蔬菜当礼物。我们想付钱，他们不受，芸便给他们绣了鞋子作为回礼，老夫妻才肯接。那会儿才七月天（农历），绿荫浓重，池水上风吹来，蝉鸣声盈满耳朵。邻居老人又帮着制作鱼竿，我与芸在柳荫深处钓鱼。日落时，我们登上土山，看晚霞夕照，随意联句吟诗，就诵出了诸如"兽云吞落日，弓月弹流星”这样的句子。不一会儿，天色晚了，月印在池水中，虫鸣声四起，我们把竹榻摆在篱笆下，老仆妇告道：酒已温好，饭已煮熟，我们便就着月光对饮，喝到微醺再吃饭。沐浴完了，便穿凉鞋持芭蕉扇，或坐或卧，听邻居老人谈论因果报应的事儿。更鼓敲了三更，我们回去睡下，通体清凉，几乎不觉得自己身居在城市里了。

我还请邻居老人买了菊花，在篱笆边种植了个遍。九月花开了，我又和芸住了十日。我母亲也欣然来看花，对着菊花吃着螃蟹，赏玩了一整天。芸喜道：“以后哪年，当与郎君在这里造个房子，绕着屋买十亩菜园，招来仆人仆妇种植瓜果蔬菜，来供给日常家用。郎君画画，我来刺绣，当作品诗饮酒的资费。这样布衣菜饭，终身快乐，不必计划去远游他处啦。”我对这想法深为赞许。

如今我倒有了做这些事的余地，可是芸这唯一知己已经离世，岂不值得感叹么？

离我家中差不多一里地的醋库巷，有个洞庭君祠，俗称水仙庙。这祠回廊曲折，有多处园林亭台。每逢神诞节日，各姓氏族里，各自认领一落，悬挂一样套式的玻璃灯，玻璃灯中间设宝座，旁边列上花瓶几案，插花陈设，按布置华丽程度来分胜负。白天的活动就是演戏，入夜各灯就有参差高下之分了。在瓶花之间插了蜡烛，起名叫“花照”。花色明艳，光影流离，宝鼎中暗香浮动，璀璨仿佛龙宫里开起了夜宴。管事的人们，或吹奏笙箫，欢歌唱闹，或是煮了茗茶，围聚清谈。看热闹的人密集如蚂蚁，屋檐下只得都设了栏杆，以作界限。

我被众位朋友邀请去插花布置，因此得了机缘，躬逢盛会。回家跟芸大事渲染，称赞了一番。芸道："可惜妾身不是男子，去不了啊。"我说："戴我的冠，穿我的衣裳，也是化女为男的法子呀。"于是芸把髻改为辫子，添扫蛾眉；戴上我的帽子，微露鬓角，尚可以掩饰；让芸穿上我的衣裳，发现长了一寸半，于是在衣服腰间打了折，缝好，外头披上马褂。芸问："脚下可怎么办呢？"我说："市坊间有卖蝴蝶鞋，大小脚都可以穿，买起来也极容易，且早晚可以当拖鞋用，不是挺好吗？"芸欣然开怀。

到晚餐后，我俩装扮完了，她效法男子模样，拱手阔步大半天。芸忽然变卦道："我不去啦，被人认出来就很不方便，被公婆听说了又不好。"我怂恿道："庙里管事的，谁不认识我？就算认出来了，也不过笑一笑罢了。我母亲现在九妹夫家里，我们悄悄去，悄悄来，他们怎么会知道呢？"芸对镜子照照自己的男子模样，忍不住大笑。我强挽着她，悄然而出，直去水仙庙。在庙里遍处游玩过，没人认出她是女子。也有人问我是谁，我便答说"是我表弟"，于是人家拱拱手施个礼罢了。最后到一个地方，有少妇小姑娘坐在宝座后面，却是姓杨的管事人家中眷属。芸忽然想挤过去打招呼，身子一侧，不觉按了一个少妇的肩膀。

旁边有老婢女大怒，站起来喝道："哪里来的狂生，做这样的不法勾当！"我正要措辞掩饰，芸看见情势不好，便脱了帽子、踮起脚尖给人看，道："我也是女子啊！"对面看了，先是愕然，随即转怒为欢，笑了起来，便留芸坐下，请吃喝茶点，待会完了，又叫了肩舆来，命抬着芸，好生回家去。

吴江的钱师竹先生病故了，我父亲写信回来，命我前去吊唁。芸私下里跟我商量："去吴江必然经过太湖。我想一起去，见见太湖，也开一开眼界。"我说："我正愁闷于独行孤单，有你陪伴着去，自然是好，但没有什么托词借口啊。"芸说："就托词说我要回娘家。到时候，郎君先登船，我随后便到。"我说："倘若如此，归途时就泊船在万年桥下，与你等月亮出来一起乘凉，也算是续上了沧浪亭赏月的风流事。"时值六月十八日。那天早上天气凉爽，我带一个仆人先到胥江渡口，上了船等了会儿，果然芸坐着肩舆便来了。船夫解了缆绳，船出虎啸桥，渐渐见到风帆沙鸟，水天一色。芸道："啊，这就是太湖了！今日得见天地宽广，真是不虚此生！想许多闺中女子，一辈子都未必见得到呢！"闲话没几句，只见风吹摇岸边柳树，船已经抵达吴江了。

我下船登岸，去钱府上拜奠完钱先生，回到岸边，见船上没人，急忙询问船夫，船夫指道："先生没见长桥柳荫下，观看鱼鹰捕鱼的那位吗？"原来芸已经与船家姑娘一起上了岸。我走到芸身后，看芸犹且粉汗盈盈，倚着船家女在出神。我拍她的肩，道："汗湿透罗衫啦！"芸回头道："我怕钱家有人到船边来，看见了我，所以上岸暂且避一避。夫君怎么回来这么快？"我笑答道："回来捕捉逃船的人啊！"于是我们互相挽着手，上船返航，到万年桥下，太阳尚未落山。我们开了所有船窗，只觉清风徐徐而来，持绢扇，披罗衫，剖开西瓜，吃了解暑气。不多一会儿，晚霞映照，桥被染红，夕雾笼罩，柳树幽暗，星辰将起，满江都是渔船灯火。我命仆人去船艄，与船夫一起喝酒。船家姑娘叫素云，与我喝过酒，人不俗气，就招来与芸一起坐着。船头不掌灯火，等月亮起来，我们便畅快饮酒，用"射覆"行酒令。素云双目闪闪，听了良久，说："酒令我还挺懂的，从没听说过这个，教教我吧？"芸就想打个比方跟她解释，素云听了，终究还是茫然不解。我笑道："女老师且先停，我用一句话做譬喻，你立刻便懂了。"芸问："夫君如何譬喻？"我道："鹤善于舞蹈，却不能耕地；牛善于耕地，而不能舞蹈。事物各自的天性如此，老师却是反过来教她。她本就不懂比方，你这莫不是白费工夫？"素云笑着捶我的肩道："你骂我吗？"芸于是出令道："只许动口，不许动手，违者罚喝一大觥酒！"素云酒量豪猛，就满斟了一觥酒，一饮而尽。我说："动手也只许摸索，不准捶人。”芸笑着挽住素云，推到我怀里，道：“请夫君随意摸索畅怀。”我笑道：“你不懂了，摸索得在有意无意之间，抱住了狂摸，那是乡下田舍郎的所作所为啊。”

当时她们二女所簪的茉莉花，被酒气所蒸，杂以粉汗油香，芳香馥郁，直透鼻端。我开玩笑道：“小人的臭味充满船头，令人恶心呢。”素云不禁握拳，接连捶我道：“谁教你伸着鼻子狂嗅呢？”芸便道：“违令啦，罚喝两大觥酒！”素云道：“他又骂我是小人，不该捶他吗？”芸道：“他所谓的小人，也是有典故的。请先喝完了酒，我来告诉你。”素云连着饮尽两觥酒，芸便将在沧浪亭旧居乘凉的事儿，连带我们说茉莉香是香中小人的典故，说给了素云听。素云道：“倘若如此，真是错怪了呀，应当再罚一杯。”于是又干了一觥酒。芸道：“久闻素娘你善于唱歌，我们有机会听一听你的曼妙歌音吗？”素云就以象牙筷敲着小碟打拍子，唱了起来。芸于是欣然畅饮，不觉酩酊醉了，于是先乘肩舆回家去了。我又与素云饮茶聊天，多说了一会儿，踩着月光回了家。

当时我寄居在朋友鲁半舫家的萧爽楼中。几天后，鲁夫人听岔了消息，私下里告诉芸道：“听说前天，你夫婿带着两个歌伎，在万年桥下船中饮酒，你知道吗？”芸道：“有这事啊，其中一个歌伎就是我！”于是把一起出游的始末，详细告诉了一遍，鲁夫人大笑释然。

乾隆五十九年七月，我从粤东回来，同伴中有一位带回侍妾的，叫徐秀峰，是我的表妹婿。他大夸自己新娶的妾如何美丽，邀请了芸去看。过了几天，芸对秀峰说："美自然是美的，韵味却不见长。"秀峰问："如果你夫郎纳妾，必然纳一个又美又有韵味的吗？"芸道："那是当然。"从此她为这事挂了心，痴心帮我物色美妾，可也没什么钱办这事儿。

当时有个浙江妓女叫作温冷香的，寓居在苏州，有咏柳絮四首律诗，传得吴地沸沸扬扬。好事的人大多写了唱和，来和这四首律诗。我朋友吴江的张闲憨，素来欣赏温冷香，于是带了她的柳絮诗来，请我帮他写和诗。芸不喜欢这个人，没怎么搭理，我却技痒难忍，于是写了和诗，中间有"触我春愁偏婉转，撩他离绪更缠绵"这般句子，芸看了击节叫好，很是欣赏。

下一年，秋天八月五日，我母亲正预备带芸一起游虎丘，张闲憨忽然上门，说："我也打算游虎丘去，今天特意邀请你，做我的探花使者。"我于是禀请了母亲，先行一步，相约之后在虎丘半塘见面。闲憨就拉我一起到温冷香的寓所。冷香已经是半老徐娘的年纪，她有个女儿，名叫憨园，还不到十六岁，亭亭玉立，倒真当得起"一泓秋水照人寒"这样的形容。接待谈吐之间，显得颇知文墨，有些学识。她另有个妹妹文园，年纪尚小。

我这时候并没什么想法，只是得陪张闲憨他们一起游船，想这情景，不是我这样贫寒读书人能承当的。到了这境地，私心忐忑，于是勉强酬答一番，私下里对闲憨说："我是个穷读书人，你用佳人尤物来调戏我吗？"闲憨笑道："非也。今天有朋友邀请了憨园，中间朋友被尊客拉走了，我于是转邀请你，不要烦恼啦。"我这才释然。

到了半塘，我们和母亲所坐的船相遇，我让憨园过船去拜见我母亲。芸与憨园相见，欢喜得如同旧识。两人携手登山，游览名胜，芸特别喜欢千顷云的高旷，坐着观赏了许久。回到了野芳滨，大家畅饮，很是欢喜，于是两船相并停泊着。等解缆绳了，芸对我道："你陪张先生，留憨园陪妾身，可以吗？"我答应了。返航到都亭桥，这才分船道别，到家时已经三更了。芸道："今日才得见美丽又有韵味的女子啊。我刚才已约了憨园，明日过来看我，我当为郎君你办这事。"我大惊道："这样的女子，不是金屋豪厦，那是养不起的。穷光蛋怎么敢生这样的妄想呢？何况我们伉俪，正在情深意笃的时候，何必在外头求妾？"芸笑道："是我自己喜欢她，你就先等着吧。"

次日中午，憨园果然到我家来。芸殷勤接待，饮宴的时候，以猜枚数为酒令：赢了吟诗，输了喝酒。到酒席完了，芸也没有一句拉拢的话。等憨园回去了，芸道："我刚才又与她密约了，十八日，她来家里，与我结为姊妹，夫君你最好备好牲牢祭拜之物等着。"并笑着指手臂上的翡翠钏道："等你看见此钏上了憨园的手，事情就成了。方才我已暗示过，只是还没和她交心。"

我就姑且由她去了。

十八日那天大雨，憨园居然真的冒雨而来，与芸进了房间良久，才挽着手出来。憨园出来见我时，略有羞涩的神情，因为翡翠钏已在她臂上了。

她们二人焚香结盟为姐妹后，便打算再接着喝酒。恰好憨园已预定了去石湖游玩，便先告辞走了。芸欣然对我道："丽人已经得着了，夫君怎么谢我这个媒人呢？"我问其详细究竟，芸答："先前这么秘密，是怕憨园有其他意中人。后来探问过了，确实没有，就问她：'妹妹知道今天我什么意思吗？'憨园道：'承蒙夫人抬举，真如蓬蒿倚上了玉树。但我母亲希望我嫁入豪门，这事我怕难以自主，希望彼此慢慢思谋吧。'我脱钏戴上她手臂时，又对她说：'玉的宝贵处是坚实，且有团圆不断的意思。妹妹试戴着，就当是个好兆头。'憨园道：'聚散离合的权柄，总在夫人您把握呀。'由此看来，憨园的心已经得了。比较为难的倒是温冷香那边，我当再想办法。"我笑道："你要效法李渔李笠翁的《怜香伴》吗？"芸道："正是。"自此我们没一天不谈憨园。

后来憨园还是被豪门夺去了，亲事未能成功。而芸最后，竟也因此而死。

# 闲情记趣

我回忆童稚时候，能够睁大眼睛看太阳，明察秋毫。纤小的东西，我也必得去细细观察其纹理，所以时不时能得些意外趣味。夏天蚊子嗡嗡声如雷，我就把它们想象成鹤群在空中起舞。心意所向，就觉得看上去，蚊子真成了鹤啦；便这么昂头看着蚊子们，脖子都僵了。又想了法子，把蚊子留在蚊帐里，慢慢拿烟喷它们，让蚊子们冲过烟雾飞翔鸣动，就当作是白鹤青云来看，果然就像是鹤唳云端，于是我心情怡然，拍手称快。

我又常在土墙凹凸的所在、花台小草丛杂的地方，蹲着身子，和石台齐平，定神细看，就以丛草为树林，当虫蚁是野兽，把土砾凸起的地方当作山丘，凹下的地方当作沟堑，神游其中，怡然自得。

有一天，我见两只虫子在草间争斗，看着兴味正浓，忽然有庞然大物，拔山倒树地扑过来——原来是一只癞蛤蟆。舌头一吐，两只虫子都被它吞了。我那时年幼，正看得出神呢，见此情景，不觉呀然惊恐。等神思定下来了，便捉住蛤蟆，鞭打了数十下，赶到别的院落里去啦。等年长了，回头想想，那两只虫子打架，应该是图谋奸情、不肯相从闹矛盾呢。古话说“奸近杀”，虫也是这样吧？

我就因贪爱这玩虫生涯，一日阳物被蚯蚓咬了，肿将起来，没法小便。偏方说鸭涎可以治这个，只好捉了鸭子，让它开口含来。婢女不小心松了下手，鸭子就颠动脖子，像要把我的阳物吞下去似的，我惊到了，号啕大哭。大家知道了，都传开去当笑话讲——这些都算是小时候的闲情逸事了。

年纪稍长后，我爱花成了癖好，喜欢修剪盆景。后来认识张兰坡先生，才开始精通剪枝养节的法则，继而也领悟了接花叠石的套路。

花以兰花为最佳，我喜爱兰花的幽香韵致，但是兰花的花瓣品相好到能入图谱的，实在不可多得。张兰坡先生临终时，赠给我荷瓣素心春兰一盆，都是肩平心阔、茎细瓣净，可以入图谱的上等兰品。我珍爱这盆春兰，当作拱璧宝玉一般。我在外担当幕僚的时节，芸便亲自灌溉，于是兰花的花叶颇为繁茂。没两年，一天早上，这花忽然枯萎死去。挖起花根查看，色泽莹白如玉，而且兰芽生机盎然，怎么就会死了呢？开始真不能理解，我只以为是自己无福消受，只能长叹罢了。后来才知道，有人想分我这盆兰花，我不许，他们便找了机会，用开水浇花，把它烫死了。从此我发誓，再不种植兰花了。

兰花之外，我也钟爱杜鹃花。虽然没什么香气，其色彩却可以久供赏玩，而且容易剪裁。因为芸怜惜花枝花叶，不能放开修剪，所以我家的杜鹃也难以长成好树。其他盆景也都是如此。

每年篱下菊花绽放，我们便大发秋兴，终日品赏。我喜欢摘了菊来插瓶，不喜欢栽作盆景。倒不是盆景菊花不好看，只因我家中没有园圃，没办法自己种菊花。市场上倒也有卖已经插好瓶的菊花，但大部分插得丛杂散乱，没有风致，所以不喜欢。

菊花插来，宜单数，不宜双数。每瓶只插一种品种、一种颜色更好。选用的花瓶，瓶口应该选开口阔大的，而窄小的不宜：阔大的瓶子宜于花枝舒展。无论五到七朵还是三四十朵，必从瓶口作一丛怒发竖起，以丛不散漫、不互相挤压、不靠着瓶口为最好，这就是所谓“起把宜紧”。这些花儿，有的亭亭玉立，有的飞舞横斜。花朵应当插得参差，夹杂以花蕊，以避免因太过整齐而难看。选花之时，要选叶子不乱、花梗不太硬的，如此易于固定。固定花的针，应该隐藏起来，如果针太长的话，宁愿弄断一截，不能让针露出花梗显得难看，这就是所谓的“瓶口宜清”。看桌子的大小，一桌子可以放三瓶到七瓶，多了就眉目不分，好像市井摊贩上的菊花屏了。花儿的高低，自三四寸到二尺五六寸，必须参差高下，互相照应，最重要的是气势联络。如果中间高、两边低，或是后面高前面低，成排成列，又犯了俗称“锦灰堆”的毛病了。或密或疏，或进或出，全在心领神会得其入画的意境。

倘若用的不是花瓶，而是盆、碗、盘此类浅口器物弄花，可以先用漂青、松香、榆皮、面粉和上油，加上稻灰熬制，收成胶状。将钉子钉在铜片上，钉尖朝上，将熬好的胶膏烧化，将铜片背面粘在盆、碗或盘这些器物中。待胶冷却，将花用铁丝扎把，插在钉子上。插的时候，当略有偏斜，不能太垂直了，更要求枝叶收拾得疏清干净，不能过于拥挤。插完花后，在盆中加入水，用细沙盖住铜片，让观看的人以为丛花生在碗底，这才好呢。

如果是以木本植物这样茎干发达的花果插瓶，剪裁的法度（因各色花植无法一一亲自摘撷，请人代劳又多不合意），必是先将花枝执在手中，横斜花枝来观察其形势，反侧花枝来判断其姿态，看准之后，剪去其多余的杂枝，最好能做出疏瘦古怪的姿态，然后再思考花梗如何插入瓶中。依据花形，或折弯或扭曲，插入瓶中，才能避免叶子朝背面、花果太靠边的问题。如果一枝花在手，先限定花梗是直的，取来直接插在花瓶里，势必落得花枝杂乱、花梗僵硬、花侧叶背，既难以取得好姿态，更谈不上风致了。

折弯、扭曲花梗的法子是：锯掉花梗的一半，嵌上砖石，于是花梗直的也就变弯了；如果怕花梗倒下，敲一两个钉子来固定。如枫叶竹枝、乱草荆棘，都可以这么处置。或者绿竹一竿配以枸杞数粒，或者几茎细草伴以荆棘两枝，只要位置得宜，便给人超脱世外的趣味。倘若是新栽花木，便不妨歪斜种植，取个好看的姿态，听任它们的叶子侧生，如此长一年后，枝叶自己就能向上了。如果每棵树都是一开始就直直地栽种，就难以制造横斜摇曳的别致姿态啦。

至于剪裁盆景这活儿，先取根部已经长大、冒出土面如鸡爪形的盆栽，剪为左中右三节，然后修剪起枝。一枝一节，通常七枝到顶，或九枝到顶也是有的。枝条上忌讳将小节修剪得过于对称，如同人的肩臂；小节上忌讳太过臃肿，活像鹤膝盖；枝条应该盘旋而出，不可以太突出左右两侧，以避免赤胸露背太突兀；又不可以前后直直挺出来。有名的盆景所谓“双起”“三起”这些，都是一个树根上分出两三个枝杈来。如果树根没有先前所说的长成鸡爪形，就取了树枝直接插在花盆里，也不可取。

然而一个上好的盆景树栽，从种植到修剪完，至少也得三四十年心血。我生平只见过故乡的万彩章老先生，一生剪成过几棵好树；又在扬州一个商人家，看到一位游玩的虞山客人，带来送主人的黄杨和翠柏各一盆：可惜是明珠暗投，我真不觉得那扬州商人会懂得品鉴这两盆好树。

倘若留枝节盘旋如宝塔，扎枝弯曲得像蚯蚓，那就匠气了。

点缀盆景的花石，小则可以精巧到入画图中，大则可以融汇韵致，令人入神。捧一瓯清茶观赏，注意力能被盆景移取，使人神游其中，这等盆景，才适合在幽静书斋里赏玩。

以往种水仙，没有灵璧石来点缀，我曾试图拿些有石头意思的木炭来取代。黄芽菜心其白如玉，我便取大小黄芽菜心五七枝，用沙土植在长方盆里，以木炭代替石头，与黄芽菜心对比，黑白分明，颇有意思。以此类推来处理盆景，趣味无穷，难以一一列举了。

比如石菖蒲结籽了，用冷米汤和上石菖蒲籽一起咀嚼，喷在木炭上，再将木炭放在阴凉潮湿的地方，木炭上便能长出细菖蒲来。随意将细菖蒲移植到盆或碗中，绿茸茸的，煞是可爱。

也可以取老莲子，两头磨薄了，嵌入鸡蛋中，放在鸡窝里，让母鸡孵去。等到同一窝鸡蛋都成了小鸡破壳而出时，取出先前那生鸡蛋，用有年头的燕巢泥十份兑上两份天门冬，捣烂拌匀，盛在小容器中，种上被母鸡捂过的莲子，用河水灌溉，晒晒太阳，花开时如酒杯大小，荷叶如碗口，亭亭玉立的可爱。

至于说园亭楼阁、套室回廊、叠石成山、栽花取势，又是大中见小、小中见大、虚中有实、实中有虚、或藏或露、或浅或深的学问了，实在一言难尽。要点不仅在“周回曲折”这四字口诀上，也不在于地域宽广、石头众多。倘若迷信那些，只是空自费工夫挥霍钱罢了。

像挖掘地面、堆土成山，以些许石头置于其间装饰，夹杂种植花草，用梅花编织篱笆，以藤萝引绕墙壁，如此哪怕本来没假山的，都能造出假山来了。

所谓大中见小，就是说空漫的地方，种植些容易生长的竹子，编植容易繁茂的梅花，当作屏障隔断。

所谓小中见大，便是像窄院里的墙，宜使其形状凹凸，用绿色装饰，以藤蔓来牵引勾连；嵌上大石头，在上头凿字，做成碑记的样子。如此，推开窗，就像面对山壁，便觉得山石峻峭无穷。

所谓虚中有实，就是说在园林里山穷水尽的地方花心思，让人一折一转弯，而觉豁然开朗；或是轩阁里设橱柜的所在，橱门一开能通到别院，就显得别有洞天。

所谓实中有虚，就是说在不通的院落里开门洞，用竹石映照空处，看上去有空间，实际没有；也可以在墙头设置矮栏杆，仿佛上面有月台，实际只是虚设。

贫寒士子，屋少人多，应当仿照我乡里太平船后梢的位置，再加以转移。比如台级可以作为床，前后借凑，可以做成三个榻，中间用板隔断，用纸裱过，这样前后上下都隔断了，房间也不显得窄。我夫妇在扬州住时，曾仿照这法子：屋子窄小到只有两椽，于是我们把上下卧室、厨灶、客座都隔断，便觉得空间绰绰有余。芸曾笑着道：“位置虽然布得精巧，终究不是富贵家气象啊！”大概确实是这样。

我在山里扫墓，捡到纹路可观的石头，便回家与芸赏议：“用油灰叠宣州石，放在白石盆里作为观赏石，好在色彩匀称。这座山上的黄石虽然古朴，倘若也用油灰处理，跟白石盆一比照，便黄白相间，斧凿痕迹毕露无遗，怎么办呢？”芸道：“拣择些顽劣的石头，把灰捣末，乘湿糁在石头上，让石头与盆颜色相同，如此可行？”我按她说的办，就用宜兴窑的长方盆，叠起一座假山峰，偏左，右边凸出，山背上做成横方纹，如同云林石的法子，岩石凹凸，犹如临江石矶状，空出一角，用河泥种了千瓣白萍，石头上种下了茑萝，俗称为云松。我拾掇了几天才做完。深秋时节，茑萝蔓延整座假山，一如藤萝悬于石壁上。花开成红色，白萍也出水盛放，一时红白相间。我神游这假山中，如登上了蓬莱仙岛。把这假山放到屋檐下，与芸一起品题：这处适宜设个水阁，那处适宜立个茅亭，那儿又可以凿六个字，道是“落花流水之间”；哪儿可以居住，哪儿可以垂钓，哪儿可以远眺风景——胸中丘壑，仿佛可以移居到山上似的。一夜，猫们争食物，从屋檐上坠下，连盆与架，顷刻间一并碎了。我叹息道：

“即便是这样的小小经营，都触了造物主的忌讳，不让我们圆满！”两人难过，不禁都落下泪来。

在静室里焚香，算是清闲中的雅趣。芸曾焚沉速等香：先把香在饭镬里蒸透，在炉上摆一个铜丝架，把香放在架子上，离火大概半寸模样，徐徐烘着，如此香味幽韵，又没有烟。

佛手很忌讳喝醉了之后去嗅，倘若嗅了，佛手便容易烂；木瓜则忌讳出汗，一旦出汗，便得用水洗；唯有香橼没什么忌讳。

佛手和木瓜也有供养方法，没法拿笔一一写出来。每每有人将供妥了的佛手或木瓜随手拿来闻，随手乱放，这就是不知道供法的鲁莽人了。

我闲居在家时，案头桌上，瓶花换不完。芸道：“您插花兼备风晴雨露多般妙处，可谓是精妙入神了。只是画画里头，有草虫之法，何不仿效一下呢？”我说：“虫子踯躅爬行，不受控制，怎么个效仿法儿呢？”芸道：“有一个法子，就是怕罪过了。”我道：“说说看呢？”芸道：“虫死了，样子不变。咱们找螳螂蝉蝶之类，用针刺死，用细丝扣着虫脖子，系在花草之间，整理一下虫脚：或者抱着花梗，或者踩着叶子，栩栩如生，不好么？”我听了大喜，就按她的法子来办，看到的人无不叫绝。现在怕是未必有如此会心的女子了。

我与芸曾寄居锡山华氏家里，当时华夫人让两个女儿跟着芸学认字。居住在乡间，院落空旷，夏日炎热逼人。芸教她们做“活花屏”的法子，回想起来非常巧妙：每扇屏风用长约四五寸的木梢两枝，做成矮脚长条凳子样式，中间空着，横上宽一尺左右的四根木挡，四角凿上圆洞，插上竹子编成方孔。做成的花屏高六七尺，用砂盆种植扁豆，放在花屏中，让它攀附着屏自己生长，这屏风可以由两人移动。多编几个屏风，随意遮拦，就好像绿荫满窗，透风遮日，纡回曲折，还随时可以更换，所以叫作“活花屏”。有了这种方法，一切藤本香草植物，随地都能拿来使用编织，这真是乡居的绝佳方法。

友人鲁半舫，名璋，字春山，善画松柏和梅菊，工于隶书，也工刻印。我寄居他家的萧爽楼有一年半之久。这楼一共五椽，向着东面，我占着后楼三间，无论天气晴暗，或刮风下雨，都能远眺风景。庭院里有一株木樨树，清香撩动人心。那楼有走廊，有厢房，地方极是幽静。我们刚移居时，有一个仆人，一个仆妇，还带了他们家小女儿来。仆人能缝衣服，仆妇会纺绩，于是芸负责刺绣，仆妇负责纺绩，仆人负责制成衣服，以供给日常开支。我素来好客，每次小酌饮酒，一定要行酒令劝饮。芸则善于那些惠而不费、价廉物美的烹调手段，瓜蔬鱼虾，一经了芸的手，便有了意外的好味道。朋友们知道我困难，每次来都会凑个份子钱，大家叙谈一整天。

我好干净，居所地上纤尘不染，而且我这无拘无束，不嫌放纵。当时有杨补凡，名昌绪，善于画人物写真；有袁少迂，名沛，工于山水；有王星烂，名岩，工于花卉翎毛。他们都爱萧爽楼这地方幽雅，便带着画具来，就地作画，我则跟着他们学画。之后写点儿书法、制几方印，作为酬谢，又请芸备些茶酒款待，大家就这样终日品诗论画。再还有夏淡安、夏揖山两兄弟，以及缪山音、缪知白两兄弟，及蒋韵香、陆橘香、周啸霞、郭小愚、华杏帆、张闲憨等诸位君子，时不时前来，犹如梁上的燕子，自来自去，络绎不绝。芸则卖了自己的钗子来做沽酒的费用，没有半点犹豫之色。朋友聚会的良辰美景，从没有敷衍随意地度过。如今则我与他们天各一方，风流云散，加上芸已经去世，玉碎香埋，真是不堪回首！

在萧爽楼聚会，有四个禁忌，忌谈官宦升迁、衙门时事、八股文章、打牌掷色。有犯忌的，必得罚饮酒五斤。另有四样受肯定的，乃是：慷慨豪爽、风流蕴藉、落拓不羁、澄静缄默。长夏大家没事，于是考量起对诗来。每次诗会凑八个人，每人各带二百铜钱。开会时，先拈阄，谁得了第一，就是主考，负责关照检查各个席位；拈到第二的人负责誊录，也能上头就座，余下的人就是举子考生了，每人在誊录处，取一条纸，盖了自己的印章。主考就出题：五七言各一句，限时一炷香，各人构思时可以站可以走，只是不准交头私语；对完诗了，把各人写好的纸条投进一个匣子，这才许坐下来。各人交完了卷子，负责誊录那位就开匣子，把所对的句子，合起来誊录成一册，转呈主考，以免主考认得各人的笔迹，徇私枉法、判卷不公。十二个对句中，点取三首七言诗、三首五言诗。这六首中，被主考取为第一名的人，就是下一期主考；第二名的人，就担当下一期的誊录。如果谁有两首诗都取不到前六名的，罚钱二十文；被取一首的，免罚十文钱。过了限时还交不了卷的，加倍罚钱。每一场下来，主考能得到罚款一百文。一日来个十场，积下一千文钱，请酒的资金就宽裕多啦。芸也参加，只是她作为“官员子弟”应试，所以允许她坐着构思。

杨补凡为我夫妇画过载花小影，神情的确惟妙惟肖。当晚月色颇佳，兰花影映上了粉墙，别有幽雅风致。星烂饮醉了酒，兴致勃发道：“补凡能为你写真，我能为你画花图影。”我笑问道：“花影能跟人影一样么？”星烂取了素纸，铺在墙上，便就着映墙的兰影，或浓或淡，随形设墨。到白天取来看看，虽然不成图画，然而花叶萧疏，也有月下的趣味。芸视这画如珍宝，各人都在这画上题咏了些诗。

苏州有南园、北园两处好所在。菜花黄的时节，我苦于没有酒家可以作小酌之饮。如果带着食盒去，对着花喝冷酒吃冷食，那是一点儿意思都没有。有人商议道，不如就近找地方喝酒，或者看完花回来再喝酒，可一寻思，终究不如对着花喝热的来得痛快。大家商量未定时，芸在旁笑道："明天你们各自带好份子钱，我自己担着炉火来。"大家笑着答应了。

众人走后，我问芸："明天你真的自己去么？"芸道："不是。我看见市井中有卖馄饨的，他的担子里锅炉灶，无不齐备。何不雇个馄饨担子去？妾身先把菜肴烹调端整妥当，明天到了地方，再一下锅，茶酒两样都齐全了。"我道："酒菜倒是没问题了，却没有烹茶的器具。"芸道："带一个砂罐去，用铁叉串着罐柄，去了馄饨挑的汤锅，把砂罐悬在炉灶上，加柴火煎茶，不也很方便吗？"我大为赞同，鼓掌叫好。街头有位姓鲍的，卖馄饨谋生。我们出了一百钱，雇了他的馄饨担子，约到第二天午后出发。鲍先生欣然答应了。

第二天看花的诸位到了，我把前因后果跟他们一说，大家一起叹服。吃完饭后，我们一起出发，带着席子垫子，一起到了南园。拣择了柳树荫下，团团围坐。先把茶烹起来，饮完茶，再暖酒热菜肴来饮食。当时风和日丽，遍地黄金，青衫红袖在路上来往，蝶蜂乱飞，让人不饮都要醉了。酒肴都烫热温熟，大家坐在地上放怀大嚼。挑担子的鲍先生挺不俗气的，便拉了他来，一起饮酒。游人见了我们，无不啧啧称羡，赞我们想法奇妙。酒食用罢，杯盘狼藉，大家各自都陶醉了，有的坐，有的躺，有的唱歌，有的长啸。红日将要西坠，我想吃碗粥，挑担的就去买了米，现煮了粥，吃饱了肚子才回家去。芸问道："今天这次游玩，可开心么？"大家都道："若非夫人，一定不能这么尽兴。"大家欢笑而散。

贫寒之士，从起居饮食到衣服器皿再到房舍，都适宜俭省而雅洁。俭省的法子叫作"就事论事"。我爱喝点儿小酒，不喜欢布置太多菜。芸便为我置备了一个梅花盒：拿二寸白瓷深碟六只，中间放一只，外头放五只，用灰色漆过一遍，形状摆放犹如梅花，底盖都起了凹楞，盖上有柄，形如花蒂。把这盒子放在案头，如同一朵墨梅覆在桌上。打开盏看看，就如把菜装在花瓣里似的：一盒六种颜色，二三知己聚会喝酒时，可以随意从碟子里取来吃，吃完了再添。

芸另外又做了矮边圆盘一只，以便置放杯箸酒壶之类器具，随处可以安放，要移动起来也方便得很。这是食物上俭省的一个法子。

我的小帽领袜等衣服边角，都是芸自己织作的。衣服破了，她便有法子移东补西，总之能让衣服整齐洁净。衣服颜色大多暗淡，这样比较耐脏。既能出去见客人，也能家常穿着。这又是服饰上俭省的法子了。

我们刚住到萧爽楼中时，嫌这地方暗，用白纸糊了墙壁，就亮了。夏天楼下的窗都拆了，因为外头没有栏杆，看去觉得空洞洞、无遮无拦的。芸说："有旧竹帘在呢，干吗不用竹帘代替栏杆？"我问："怎么办呢？"芸道："用几根黝黑色的竹子，一竖一横，留出走路的空间，截半幅帘子，搭在横竹上，垂到地面，高度与桌子相齐，中间竖四根短竹子，用麻线扎好固定，然后在横竹搭帘的地方，寻些旧的黑布条，连横竹裹住，缝上。这样可以有个遮拦，可做装饰，又不费钱。"这就是我所谓"就事论事"的一个办法。以此推论，古人所说——竹头木屑都有用处——确实如此啊。

夏天荷花初放时，晚上闭合，白日盛开。芸便用小纱囊，撮少许茶叶，放在荷花心。第二天早晨取出，烹了雨水来泡茶，香韵尤其绝妙。

# 坎坷记愁

人生坎坷都是从何而来的呢？往往是自己作孽得了报应而已。我则并非如此：多感情，重承诺，爽直不羁，结果转而成了牵累。

我父亲稼夫公，为人慷慨豪侠，急人所难、成人之美、帮人家送女出嫁、抚育幼子，此类事数不胜数，挥金如土，一辈子都在为他人忙碌，不怎么顾得上家里。如此我夫妇在家居住，偶尔有什么需用，就不免要去典当质押，换些现钱。开始还是拆了东墙补西墙，之后就渐渐左支右绌，应付不来了。一如谚语说道："处家人情，非钱不行。"于是先招致了小人的非议，渐渐又引来了家庭里其他女子的嘲弄讥讽。"女子无才便是德"这话，想来真是千古至言啊！我虽是长子，但族中排行是第三，于是上下人等，都叫芸为"三娘"，后来忽然转叫她为"三太太"。开始这么称呼，只是开开玩笑，继而成了习惯，甚至尊卑长幼各色人等，都以“三太太”称呼她。这莫非就是家庭变动的先兆？

乾隆五十年，我随侍父亲到海宁官舍。芸在给我的家书里，附寄了小信函。父亲便说：“儿媳妇既然能提笔写字舞文弄墨，你母亲以后的家信，都让她来负责好啦。”后来，家庭里偶然有些闲言碎语，我母亲就生疑，以为芸在家书里叙述不对，于是不让芸代笔写家书了。我父亲不知，见了家信，看不是芸的手笔，便来问我：“你媳妇儿病了吗？”我即刻写了书札去问，也没有应答。时间一长，我父亲生气了，怒道：“想来是你媳妇儿不屑代笔写家书吧！”等我归家，探知了中间的逶迤曲折，便想去代芸解释清楚，芸急忙拦住了我，道：“宁可被公公责备，不能因为这事儿让我失了婆婆那里的欢心。”到最后，她都没有给自己澄清过。

乾隆五十五年春天，我又随侍我父亲去邗江做幕僚。有同事叫作俞孚亭的，带着家眷一起上任宦游。我父亲对俞孚亭道：“我一生辛苦奔波，常在客途之中，想寻觅一个在外地也能服侍起居、帮忙照顾我生活的人，始终不可得。儿子辈倘若能体察我的意思，当从家乡觅一个人来，这样我说说话，好歹也有人听听。”俞孚亭把父亲这些话转述给我，我便秘密写信札给芸，请她托媒人去物色，找到了一个姚家姑娘。芸因为没确定这事儿是否能成，没敢先禀告我母亲。等姚家女子来了，就找个托词，说是邻居家姑娘，前来嬉游玩耍的。等父亲命我把姚家女子接到他的衙署里，芸又听了别人的建议，托言说姚家女子是我父亲一向合意的姑娘。我母亲见了，便道："这姑娘先前说是邻居家来玩耍的，老爷怎么就娶了呢？！"因为这事儿，芸就在我母亲那里受了冷落、失了欢心。

乾隆五十七年，我在真州工作。父亲在邗江生了病，我前往探望，结果也病了。我弟弟启堂，当时也正随侍在父亲身边。芸写来家书道："启堂弟弟曾经向邻居妇人借了钱，请芸做中间担保人；现在邻家妇人来追讨钱了，催得很急。"我跟启堂问起这事，启堂反而觉得嫂子提起这茬，实在多事。我于是回信纸尾批道："我们父子都生病了，没钱还账；等启堂弟弟归家的时候，让他自行打算吧。"不久，我父子二人病势都痊愈了，我仍然回真州。芸写了回信来，被我父亲收到了。我父亲拆看信件，见芸述说启堂弟弟和邻里的事儿，还说："令堂大人认为，老人得病身体不好，都是因为娶了姚姬；等他病稍微痊可一些后，应当悄悄嘱咐姚女，让她假托思乡情切，妾身当让她的父母，到扬州来接她回去。这也是彼此卸去重担的计策啊。"

我父亲读了这书信，大怒，先询问启堂邻里的事是怎么回事，启堂自然答说不知。父亲于是写信札给我道："你媳妇儿背着丈夫跟邻居借债，还进谗言诽谤小叔，居然还叫自己婆婆为令堂，说公公是老人，简直悖逆荒谬得过了分！我已派专人拿了信札，回苏州去斥责她赶她出门；你如果稍有些人心，也当知道自己的过错！”

我接了这信札，如听晴天霹雳，即刻肃然写信，跟父亲认罪，再寻觅坐骑，急速归家：怕的是芸受了这打击，会寻短见。到家之后，述说事情的始末，可是已经有我父亲所派家人，拿了逐书前来，历数了一遍芸的各项罪过，言辞甚为决绝。芸哭道：“妾身自然不该妄言，但公公应当宽宥我是妇女，没有知识啊。”几天之后，我父亲又写了手谕到家，说是：“我也不多责备了，你带着你妻子到别处居住，别让我见到，免我生气就足够了！”

我于是想让芸寄居回娘家，而芸因为母亲已经身故，弟弟已经远游，不愿去依附同族。幸好我朋友鲁半舫听了这事儿，很是怜惜我们，就招我夫妇去入居他家的萧爽楼。

又两年后，我父亲渐渐知道了前因后果，恰好我当时自岭南归来，我父亲亲自去萧爽楼，对芸道：“之前的事，我已全数知道了，也怪不得你们，你们何不回家来住呢？”我夫妇听了大感欣然，于是归去旧宅，算是骨肉团圆。那时哪料到，还有憨园这等孽障之事呢！

芸一向有血疾，也是因为她弟弟克昌出门远游始终不返，她母亲金氏又思子心切，终致病故。家中多变，又悲伤过度，让她辗转得病。自从认识了憨园，她倒有一年多未曾发病。我还在庆幸芸得了良药，大概病算是好了，恰这时，憨园被有权势的豪门者夺取了：那家以千金为聘礼，还答应赡养她母亲温冷香。简直是唐代番将沙吒利，恃势劫占韩翊美姬柳氏这一故事的再现啊！

我知道了此事，先没敢跟芸说。等芸去探视憨园，方才知道。芸一回到家，便呜咽而泣，对我说道："开始可没料到，憨园薄情到这般地步！"我说："是卿自己情痴了，这种人哪里有情呢？何况锦衣玉食的女子，未必能安于荆钗布裙的生活。与其事后后悔，不如开始就别成。"于是再三抚慰芸。然而芸终究还是觉得自己受了愚弄，血疾发作，缠绵床榻，病骨支离，药剂也没有效用。这病时发时停，闹得她形销骨立。没几年，医资大增，于是各类非议也就起了。我父母又因为她居然去跟妓女私下订约，对芸的憎恶日益严重。我只能在中间拼命调停。到这地步，压力之大，真已经不是凡人能承受得了。

芸生了个女儿叫青君，那年十四岁，颇为知书达理，而且极为贤能，常常质押典当些簪钗衣服，都亏她辛劳。芸生的儿子叫逢森，那年十二岁，跟着老师读书。我连年没有工作的机会，只好在家门边设个书画铺，三天的收入，还抵不上一天的开支，焦虑劳碌，困苦不堪，狼狈不已。隆冬季节，我们没有裘可以暖身，只好挺身在寒风里走，青君冷得腿发抖，还强自说“不冷”。因为家里贫寒，芸发誓不再请医问药了。偶尔她能起床，恰好我有朋友周春煦给福郡王做幕僚回来，正要请人绣一部《心经》，芸想着绣经书可以消灾降福，而且收入颇丰，可以补贴家用，就绣了。可是周春煦行色匆匆，不能待太久，所以芸也得赶时间，十天里就绣完了。她身子本来就柔弱，又骤然如此辛劳，于是加了腰酸头晕的症候。哪里知道命薄的人，哪怕绣了经书，佛也不肯发慈悲庇佑啊！

绣完经之后，芸的病势转加剧烈了，已经不能自理，喝水喝汤，都要唤人，于是上上下下，都有些烦她。有个山西人，在我画铺左边租了房子，专门放高利贷。他偶尔请我作画，于是也就认识了。我有朋友，某次手头困窘，要借五十金，请我做担保人；我想友情难却，就答允了。可是我那朋友居然拿着钱就此远遁，不知所终。放贷的人自然只管来问担保人，时不时来饶舌追问。我一开始以笔墨做抵押，渐渐到了没东西可以偿还的窘境。

年底我父亲回家过年，放贷人来讨债，在门口咆哮。我父亲听到了，召我来苛责道：“我们这种衣冠之家书香门第，怎么欠了这种小人的债务！”我正在解释时，恰好芸有自幼的盟姐嫁在锡山华氏，听到她病了，派人前来问讯。我父母听说是芸的姐妹，误以为是憨园派来的，于是愈加恼怒道：“你媳妇儿不守闺阁训令，跟娼妓去拜姐妹；你也不求上进，跟各类小人为伍。如果置你于死地，我们感情上还是不忍，姑且宽你三天期限，自己想法子去吧。否则为父必然要去官府告发，说你逆子不孝！”

芸听知了这一切，哭道：“公婆发怒到此地步，都是我的罪孽。妾身死了，郎君无事，郎君必然不忍心；妾身活着，要和郎君分离，郎君必然不舍得。姑且悄悄叫华家人来，我勉强起身，问一问看。”于是令青君扶着芸到了房外，唤华氏的来使，问：“是你家主母特意让你来的吗？还是她正在过来的路上？”来使道：“我家主母，久闻夫人卧病在床，本想亲自赶来探望，只因为从没有登过夫人家门，不敢随意造次。临行主母嘱咐我：倘若夫人不嫌我们乡下地方简陋，不妨就到乡下来调养，也算是践行了幼时灯下的话。”原来芸与华氏当年一起刺绣时，曾有过“疾病相扶”的誓言。

芸于是嘱咐来使道：“烦请你快点归去，禀知你家主母，我们于两日后，坐船悄悄地来。”

那使者走了，芸便对我道：“华家盟姐，与我情逾骨肉。郎君如果肯去她们家，不妨与我同行。只是儿女一起带去既不太方便，也不能留在家里，拖累公婆，必得在两日内安顿好。”

当时我有表兄王荩臣，他儿子名叫韫石，愿意娶青君为媳妇。芸道：“听说这位王郎，性格懦弱无能，不过是守成之子；而王家表哥又没什么成就可以用来守……幸好还算是个诗礼之家，而且王郎又是独生子，许给他家，也可以。”

我于是对王荩臣道：“我父亲与您有故旧之好，您想娶青君做儿媳妇，谅来不会不允许。但是等青君长大了再嫁，这情势是不能了。我夫妇去锡山后，您就跟我父母禀过，先让青君给你家做童养媳，如何？”荩臣喜道：“就按你的意思吧。”至于我儿子逢森，就另托友人夏揖山，转推荐去别处学贸易了。

子女和家里的事儿算是安顿妥当，华家来接我们的船也便到了。当时是嘉庆五年的腊月二十五日。芸道：“孑然一身出门，不但招致邻里嘲笑，而且高利贷那边的款项还没着落，怕他也不会放我们走。必得明天早上五更天，悄悄离去才好。”我道：“你生着病呢，能承当拂晓寒冷么？”芸道：“死生有命，不用多虑了。”我悄悄禀过了我父亲，他也觉得这样比较好。当晚，我们先将半肩行李挑下华家来船里，回家让儿子逢森先睡下了。女儿青君在她母亲身边哭泣，芸嘱托道：“母亲命苦，而且情痴，所以遭逢这般颠沛流离的命运。幸而你父亲待我好，我此去，没什么其他顾虑。两三年内，我们必当布置斡旋，来让骨肉重圆。你嫁到王家去了，须得尽妇道，不要跟娘似的。你的公婆，都以能娶得你为幸事，必然会好好看待你。我留下的箱笼什物，尽数托付给你，就带去婆家吧。你弟弟年幼，所以没敢让他知道这些周折，临行时，只假托说我要去求医生，哄他说几天就回来。等我上船去远了，你告诉弟弟这些事情，再禀告给你祖父听就是了。”

说着话，旁边有个老仆妇，就是前卷中所提到的、我们曾租赁他们家来避暑的那位，因为愿意送我们到锡山乡下，所以当时陪侍在旁边，听了芸这番话，不住地擦眼泪。

时候要到五更天了，我们把粥热了，一起啜饮。芸强颜欢笑道：“当年因为一碗粥而聚在一起，如今又喝这一碗粥而离散。如果要写传奇小说，可以起名叫《吃粥记》啦。”儿子逢森听到了声音，也起身，呀呀道：“母亲去哪里？”芸道：“娘只是将要出门就医罢了。”逢森道：“那怎么起这么早？”芸道：“因为路远。你与你姐姐，在家里务求相安无事，不要讨你们祖母的嫌。我与你父亲一起去，几天便回来。”鸡鸣三声罢，芸含着眼泪，扶着老仆妇，开了后门要出去时，逢森忽然大哭道：“噫！我娘亲不回来了！！”青君怕他的哭声惊到人，急忙掩上他的口，好生安慰他。那时候，我和芸夫妻二人，真已经肝肠寸断，一句话都说不出，只好对逢森道“别哭”而已。青君把门关上后，芸出巷子，走了十几步，已经疲倦到不能再走的地步，我便让老仆妇提着灯，我背着芸一路走。快要到船的时候，险些被巡逻者当作歹人扣住，幸好老仆妇挺身而出，认说芸是她女儿，生了病，我是她女婿；且有那边船夫，都是华氏一族的人，听到声响，前来接应，这才解了围。我们互相扶着下了船。解了缆绳开船后，芸这才放声痛哭。

这一走，芸与逢森母子，就算是永别了。

华氏的那位先生，名字叫大成，住在无锡的东高山。他家房居面着山，躬耕为生。华大成为人极为朴诚，他妻子夏氏，便是芸的盟姐姐。当日约下午一时，我们才到了华家，华夫人已经倚着门殷勤等待了。她领着两个笑眯眯的姑娘到船边，与芸相见，很是欢喜，扶着芸上了岸，招待很是殷勤。

邻居们的妇人小孩，听说来了客人，哄然涌进房间来，围着芸看，有的人问讯，有的人怜惜，交头接耳，满室啾啾，热闹得很。芸对华夫人说："今日到此，真像是陶渊明所谓，武陵渔夫进了桃花源啊。"华夫人道："妹子别笑话，这是乡下人少见多怪罢了。"从此相安无事，平静度日。

到了元宵节，虽然只过了二十来天，芸却已经恢复了些，渐渐能起床走路了。元宵夜当晚，我们在打麦场中看龙灯。我看芸的神情态度，渐渐有复原的意思，心里才安定下来，于是悄悄和芸商量曰："我住在这里，不是长久之计；想要去其他所在，又没有盘缠。怎么办？”芸道：“妾身也筹划很久了。郎君的姐夫范惠来，现在在靖江盐公堂当会计。十年前，他曾经向郎君借十金，当时现钱不够，妾身还典当了钗子来凑数，这才如数借过去了。郎君记得吗？”我说：“都忘啦。”芸道：“听说靖江离这里不远，郎君何不去一趟？”我就按她说的办了。

那时天气颇为暖和，穿着织绒袍、哔叽短褂，还是觉得稍微有些热：那可是嘉庆六年正月十六呢。我出门去，当夜投宿在锡山的客店里，租了被来睡。早晨起来，乘上江阴的航船，一路逆风，还遇到了微微小雨。晚上到了江阴江口，就不热了，只觉得春寒透骨。我去沽了些酒，喝来御寒，结果囊中盘费，基本见底。我踌躇了一晚上，寻思要卸了衬衣，当了钱，好去坐渡船。正月十九日，北风更加迅烈，雪势还很浓，眼看行途艰难，我不禁惨然落泪，暗地里计算客店房资、渡船费用，真是不敢再饮酒了。正在心寒腿颤的时节，忽然看见一个老翁，穿草鞋，戴毡笠，背着个黄包袱，进了店，盯着看我，似乎认识我的样子。我问：“老先生，莫非是泰州人，姓曹么？”老翁答道：“正是。若非您，我早都死掉，填进沟壑啦！如今我家小女安然无恙，时不时念叨您的善举。没想到今天能相逢，怎么逗留在这地方啊？”

原来我在泰州当幕僚时，那地方有位姓曹的，本来家庭微贱，但有个女儿，颇有姿色，已经许婚说好了人家。结果遇到有钱有势的，放了高利贷，要曹老翁拿女儿还债，闹到公堂之上来了。我从中调解，还是把这姑娘许给了原订的人家。曹老翁就进了衙门，补了隶卒，也算有一个饭碗。他曾对我叩首感谢，所以我认识他。

我把自己投靠亲戚，不料遇到大雪、淹留本地的事由，告诉了曹老翁。曹老翁道："明天天晴，我来顺途相送您。"于是曹老翁出钱来，沽了酒请我，款待我极为周到。正月二十日，早钟刚敲过，便听闻江口渡船的喊声。我惊醒起床，便去唤曹老翁一起渡江。曹老翁道："甭急，应当吃饱了再上船。"于是代我付了房钱饭钱，拉着我出门吃饭。我因为连日逗留在此，急着赶渡船，东西都吃不下，只勉强吃了两个麻饼。等上了船，江风迅厉如箭，我不由四肢发抖。船迟迟不走。曹老翁道："听说是江阴有人在靖江上了吊，那人的妻子雇了这船赶去，所以，非得等到雇船的那女子来了，船才能走。"我只好饿着肚子，忍着寒冷等着。到中午，这船方始解了缆绳。

到了靖江，已经暮色低垂了。曹老翁道："靖江有公堂两处，您所要访的，是城内的公堂，还是城外的公堂？"我踉踉跄跄，跟着曹老翁，边走边说："实在不知道是城内的还是城外的呀。"曹老翁道："如此，只有先住下，明天再去一一探访了。"我俩进了旅店，我的鞋袜已经淤满泥水，内外湿透。跟店家要了火来烘烤，草草吃了些东西，疲累至极，便入睡了。

次日早上起来，我发现烘烤的袜子都被烧了半截。曹老翁又代我付了房钱饭钱。我们一起到城中访查，我姐夫范惠来还没起床，听说我到了，披衣出来，见了我的情状，大吃一惊道：“舅子怎么狼狈到这地步？”我说：“姑且别问了，如果有银子，借我二两，先给付了一路送我来这位。”惠来拿出两个银圆给我，我就拿来赠给曹老翁。曹老翁极力推辞，最后勉强接受了一个，便去了。

我于是将自己的遭遇，一一跟范惠来陈述了，并说明了来意。范惠来道：“郎舅是我至亲，哪怕没有素来的恩遇，我也应该竭尽全力。无奈近来航海盐船刚刚遭了盗，正在盘账的紧张时节，不能挪移经费来馈赠。我当尽力拿出二十块银圆，来偿还旧时所欠的，如何？”我本来也没抱什么奢望，就应诺了。

我留在范惠来处住了两天，天气已经晴暖，我便计划回去了。正月二十五日，仍回到了锡山华宅。芸见我归来，问道：“郎君遇到大雪了吗？”我把自己经历的苦楚一一告诉了她。芸神色惨然道：“下雪的时候，妾身以为郎君已经抵达靖江，居然还逗留在江口呢……幸好遇到了曹老，算是绝处逢生，也可谓是吉人天相了。”

过了几天，我们收得青君的书信，知道逢森已经被夏揖山引荐，到店里去学生意了；王荩臣也已经跟我父亲请示过，择了正月二十四日，将青君接过门去。如此我和芸的一对儿女之事，大致算是了结了。只是骨肉分离，到了这样的地步，终究令人觉得悲惨伤痛。

到了二月初的时候，日暖风和，我靠着靖江之行得来的进项，简单置备了行装，去邗江盐署，拜访故交胡肯堂。有贡局的诸位司事，请我入衙署工作，代掌笔墨文书工作，我的身心这才算略微安稳了。到第二年嘉庆七年八月间，我接到芸的书信道："病体算是痊愈了，只是寄居在非亲非友的人家家里，吃别人住别人，我觉得终究不是长久之计。我想来邗江，也看一看平山的胜景。"

我于是在邗江先春门外租了屋子：是一处临河的两椽屋，自己回锡山华宅，接了芸一起来。华夫人赠了我一个小奴仆，叫作阿双，好帮着我们做做饭，并订了个约：他年如有条件要比邻而居。

我二人到邗江安顿好，已是十月光景了。平山天色凄迷寒冷，只好改计划来年春天游玩。本来我满心希望接来了芸，可以调摄心神，慢慢图谋和儿女们骨肉重聚。不料芸还没住满一个月，贡局的司事忽然裁员十五人，我也在被裁之列中。芸开始还千方百计代我筹划，强颜欢笑对我加以慰藉，始终没有抱怨过我一句。到了第二年嘉庆八年的仲春，芸的血疾大发作。我打算再到靖江，去求范惠来帮帮忙，芸道：“求亲戚不如求朋友。”我说：“这话虽说得是，亲友也确实很关怀我们，但现在，亲友大多也闲居着没收入，自顾不暇呢。”芸道：“幸而天时已经暖和了，出门应该不必担心被雪困住了。希望郎君你快去快回，不要牵挂我这个病人。郎君若是身体略有不好，妾身的罪孽就更重了。”

那时我家庭里已经到了日常开支都难以为继了。我对芸佯称说我雇了骡子出门，好让她安心，实际上我是装饼入袋，徒步出发，且吃且走。朝东南方向，两次渡过叉河，走了大约八九十里，放眼四望，并无村落。

到了起更时候，只见到周围黄沙漠漠，明星闪闪。终于见着了一个土地祠，高约五尺，周围环绕短墙，种着两棵柏树。我于是向土地神叩首，祝祷道：“苏州沈某人，投靠亲戚，在这里迷途了。想借神祠住一晚上，希望神灵怜悯护佑。”于是把土地祠的小石香炉搬在一旁，身子探进土地祠里头：只容得下身体的一半儿。我把风帽反戴着掩住脸面，把半边身子塞进祠堂，膝盖露在外头。闭目静听，只听到微风萧萧而已。那时脚下疲累、精神倦怠，就此昏然睡去了。等次日醒过来，东方已经发白了，忽而听见短墙外有脚步声和说话声。我急忙出去探视，原来是当地乡民，赶集经过这里。我问路，他们道：“往南走十里，就是泰兴县城；穿城向东南走十里就有一个土墩，过八个墩，就是靖江，这一路都是康庄大道呀。”我于是转身，把香炉移回原位，给土地神叩首作谢，然后上路。过了泰兴，即有小车可以顺路捎我。到了大概下午四点，才算到达了靖江。

我到范惠来府上去投了名刺。良久，看门人才回说：“范爷因公事，往常州出差去了。”我看他辞色，似乎像是有推托之意。我追问道：“什么时候回来？”看门人答曰不知道。我说：“哪怕要一年回来，我也等。”看门人领会了我的意思，悄然问我：“您和范爷，是嫡亲的姐夫舅子关系吗？”我说：“如果不是嫡亲关系，我就犯不着坚持等了！”看门人道：“那您姑且等着。”

三天之后，看门人告诉我：范惠来回靖江了。我去拜见，最后范惠来挪借给我二十五两银子。

我雇了骡子，急速返回邗江，芸在家里正容色惨变，哭泣得咻咻不止，见我回来了，急道：“郎君知道么，昨日中午，阿双卷了东西逃走了！我央请了人去找，如今还找不到。丢了东西还是小事，这孩子是他母亲临行再三交托给我的。今日他逃回家去，中间隔着江呢，已经很让人担心了；如果他真逃回了家，父母把他藏起来，又来跟我们讹诈说丢了孩儿要赔钱，我们可怎么办呢？而且如此我还有何颜面，见我盟姐呢？”

我道：“请先不要急，你考虑得太深了。藏起孩子来再图谋讹诈这种事，都是用来诈那些富人。我夫妻俩就是两个肩膀担张嘴，没什么油水好榨。况且我们带阿双回家来半年，给衣服，分食物，从来没有半点扑打责骂，邻居都知道得清楚。这事儿实在是小家奴丧了良心，趁着我们情势危重，就偷偷逃了。华家盟姊赠给了我们这么个盗窃匪类，要说也是她没颜面见你，你怎么反而说自己没颜面见她呢？如今我们应当主动呈报县衙去立案，来杜绝后患。”芸听了我的话，情绪似乎稍微宽释了一些。然而自此开始，她经常梦中呓语，时而叫：“阿双逃走了！”时而叫：“憨园为什么负我？”病情一天比一天重了起来。

我打算请医生来诊治，芸阻止了我，道：“妾身的病，开始是因为弟弟出亡、母亲过世，于是悲痛太甚；之后先是被情所感，后来又被忿恼所激动，而我平时又思虑过度，本来满心希望多思多想，努力做个好媳妇，而终于不可得，以至于现在头眩、怔忡这些症候，都齐备了。这是所谓病入膏肓，良医也束手无策，请不要再做无益的浪费啦。回忆妾身跟着郎君，夫唱妇随二十三年，承蒙郎君错爱，凡事百般体恤，不因为我顽劣而放弃我，知己如郎君，得到这样的夫婿，妾身这辈子没什么遗憾了。如果可以着布衣取暖、吃蔬菜饭得一饱，一家和谐，游览于泉石之间，像当年在沧浪亭、萧爽楼那样的处境，真成了烟火神仙呀。神仙境地，几世才能修到？我辈算什么人呢，就敢盼望当神仙么？勉强追求，以致触了造物者的忌讳，才有了情魔的困扰。总而言之，都是郎君你太多情，而妾身又薄命罢了！”

于是她又呜咽道：“人生百年，终归一死。如今我们就要半道分离，不能白头到老，不能始终为你奉箕帚做妻子，不能目睹逢森娶媳妇，我这心里，还是耿耿于怀。”说完了，泪珠流落，犹如豆粒。我勉强安慰道：“你病了八年，恹恹将死的情况屡见不鲜了，如今怎么忽然说出这些断肠的话语呢？”芸道：“连日来，我梦见自己父母放船来接我，闭上眼睛，就觉得飘然上下，仿佛走在云雾中似的。大概是灵魂已离去，只是躯壳还留在这里吧？”我道：“这是你神不守舍。服用些补药，静心调养，自然能够安然痊愈。”

芸又唏嘘道：“妾身如果稍有一线生机，断然不敢拿这些话来惊扰郎君。如今是黄泉路已近了，如果再不说，就没日子说了。郎君之所以不得父母的欢心，如此流离颠沛，都由于妾身的缘故。妾身死了，公婆的心自然可以挽回，郎君也可以免了牵挂。堂上公婆有年岁了，妾身死了，郎君应当早点回家去。如果没能力带妾身的骸骨回家，就不妨暂时停在这里，等郎君将来有能力了再说。愿郎君另外续弦，配一个德容兼备的女子，来奉养双亲，抚我遗子，妾身也瞑目了。”话说到此，芸痛肠欲裂，不觉惨然大哭。

我道："你如果真的中道舍我而去，我断然没有再续弦的道理，何况'曾经沧海难为水，除却巫山不是云'啊。"芸于是执着我的手，看上去还有话要说，但只能断续说"来世"二字了。忽然她开始急速喘气，住了口，两目瞪望着我。我千呼万唤，她已不能说话了，两行眼泪，涔涔流溢。一会儿，她的喘息渐渐细弱，眼泪逐渐干了。她灵魂缥缈，竟就此长逝了！那是嘉庆八年三月三十日。当时，我面前只有孤灯一盏，举目无亲，两手空拳，心都要碎了。绵绵此恨，竟无尽头！

承蒙我朋友胡肯堂助益了我十两银子，我再把房间里所有变卖一空，这才能亲自为芸成殓了。呜呼！芸虽则是个女流，却具有男子的襟怀、才学与见识。自从嫁到我家后，我每天为衣食奔走，始终缺钱，芸能够悉心体察，不加介意。等我住在家里时，她也只和我谈论文字而已。最后疾病连绵，怀恨辞世，这是谁害的呢？我亏负了自己的贤妻兼闺中良友，真是没法说了啊。奉劝世上的夫妇，固然不可彼此仇视，也不可以过于情爱深重。俗话说"恩爱夫妻不到头"，像我这样，就是前车之鉴啊。

到了芸的头七回魂的日子，俗传这一天，灵魂必然会随着煞气归来。故居之中，铺设应当一如死者生前的样子，且必须将死者生前的旧衣铺在床上，将其旧鞋子放在床下，以待灵魂归来，加以瞻顾看望。吴地相传，这叫作“收眼光”。还要延请道士来作法，先把灵魂召到床上，而后发送走，这叫作“接眚”。邗江地方的俗例，得在死者的房间里设上酒菜，全家都出房间去，叫作“避眚”。因为这个缘故，还有全家避出去，结果空房子挨了偷的事呢。

芸娘的头七眚期，房东及其他一起居住的人们，都出门避过了。邻居叮嘱我，也得设好酒菜，远远避开。我本来就冀望着芸魂魄归来，可以再见一见，所以只是随口答应，不肯避去。我的同乡张禹门劝我道：“因了邪气，自己就会入邪，魂魄这种事，还是应该宁信其有不信其无，别冒险尝试啊。”我道：“之所以我不避开而等候芸，正是因为我信世上有魂魄啊。”张禹门又说：“回魂犯煞，不利于活着的人。夫人即便灵魂归来，你们俩也是阴阳有别了，我怕你们想见面却没有形体可以相接触，应该避开的那些人反而遭了她魂魄的锋芒。”那时节我痴心不灭，强词夺理道：“死生有命。您果真关切我，就陪伴我一起等，如何？”张禹门道：“我就在门外守着，您如果看见什么异常，喊一声，我就进来。”我于是张灯进了房间，见房间里的铺设宛然如往昔，而芸的音容已经杳然远去，不禁伤心流泪。可又怕泪眼模糊，错失了自己想看的东西，便忍着泪，睁大了眼睛，坐在床上等着。抚摸芸所遗下的旧衣服，她的香泽犹且留存，不觉难过得柔肠寸断，冥然就昏睡过去。一转念想，我正等待芸灵魂归来，怎么遽然就睡着了呢？睁眼四顾，只见席上一对蜡烛，芒色发青，幽绿荧荧，缩得如豆一样大小，不禁毛骨悚然，通体寒战。于是我搓着两手取暖，擦擦额头，缓了缓，再仔细看，只见两个蜡烛，火焰渐渐升起，居然高到一尺左右，纸裱的顶格差点被烧到。我正借着烛光四顾时，烛光忽然又缩小得如前一样了。

此时我心跳如舂米，双腿发抖，想喊守门的张禹门进来看，可是一转念间，想到芸的魂魄很柔弱，怕被张禹门盛壮的阳气逼走了，于是我悄然喊着芸的名字，真诚祝祷，于是房间里静了下来，什么动静都没了。过了一会儿，烛光重新明亮，不再腾起落下了。我出门，将这些事儿告诉了张禹门，他服气我胆壮，却不知我只是一时情痴罢了。

芸逝世后，我回忆起林和靖"妻梅子鹤"的话，就自号梅逸，意思是妻子已经逸去了。我权且将芸葬在了扬州西门外的金桂山，那地方俗称郝家宝塔。我买了够容纳一个棺材的地界，根据芸的遗言，暂时寄棺在此，只带着灵牌回了故乡。我母亲知道了，也为芸悲悼；女儿青君、儿子逢森归来，痛哭一番，为他们母亲服孝。

我弟弟启堂建议道："父亲大人的怒气还没全然平息，兄长你最好还是仍去扬州，等父亲大人回乡来，我们婉言劝解，劝好了，再专门写信，招你回家。”我于是拜别了母亲，又别过了子女，痛哭一场，重新到了扬州，卖画度日。由此也得了机会，常去哭拜芸娘的墓，影单形只，极为凄凉。偶然经过我和芸的故居，真是伤心惨目。

到了重阳节，别的冢上，草树都因入秋变枯黄了，只有芸的墓还郁郁青青。守坟的人对我说：“这是好墓穴，所以地气旺盛！”我暗暗祝祷道：“秋风已经紧了，我身上衣服还单薄着。卿如果在天有灵，保佑我找到一份工作，让我能度过残年，来等候家乡的消息。”不久，江都的幕僚章驭庵先生，打算回浙江葬他的亲属，请我顶班三个月，我得了这饭碗，才能好好过个冬天。这活儿做完后，张禹门招我居住在他家。那时张禹门也恰好丢了工作，过年有些艰难，跟我商量，我即刻将剩下的二十两银子倾囊以授，借了给他，并且告诉他：“这本来是留着，给亡故的拙荆扶灵柩回故乡的费用。等故乡来了消息，我要回乡时，你再还我钱好了。”那年我就在张禹门家过了年。朝夕占卜等候，可是故乡还是没消息来。

到了嘉庆九年三月，我接到了女儿青君的信，这才知道我父亲生了病。我想即刻返回苏州，又恐触了父亲的旧怒。正在趑趄观望、犹豫不定的时候，又接到了青君的信，这才知道我父亲已经辞世。真是刺骨痛心，呼天抢地都来不及。我没时间做其他计较，即刻星夜驰归苏州。在灵前磕头大哭，哀号流血。呜呼！我父亲一生辛苦，在外四处奔走。生下我这么个不肖儿子，既很少在他老人家膝下承欢，又没有在他生病时在床前侍候汤药，我这不孝之罪，如何能逃避呢！我母亲见我哭，便问："你怎么今天才回来呢？"我道："儿子这次回来，还幸亏了您青君孙女给我写了信啊。"我母亲看着我弟媳妇，于是默然。我为父亲守灵到七终，都没有一个人跟我谈论家里的事，也没有一个人跟我商量丧事。我自问很缺失做儿子的本分，故此也没有颜面去询问。

一天，忽然有向我催讨欠债的人，登门来纠缠。我出去应道："欠债不还，固然应该上门催讨索要，但我父亲骨肉未寒，趁着丧事来追着喊叫，未免太过分了。"中间有一人，私下里对我说："我等都是被人招着指使来的。您且避出去，我们去跟招我们来的人催讨就是了。"我道："我欠的债我来偿，你们快走！"于是讨债人等不声不响也就走了。

我于是叫来弟弟启堂，对他严正说道："兄长我虽然不肖，并未作恶不端。如果说当初曾经过继给别人，也从未得过任何一笔遗产；此次我为父亲奔丧归来，本来是尽做儿子的孝道，岂是为了跟你争遗产呢？大丈夫重要的是自立，我既然是空手回来的，如今仍空着手走就是了！"说完，返身进了灵堂，不觉大哭。于是入内叩首，辞别了母亲，又走去告诉了青君，这就准备出走深山，效仿赤松子，去做方外求道之人了。

青君正在劝阻我时，我朋友夏南薰（淡安）、夏逢泰（揖山）两兄弟，循我的踪迹而来，他们大声劝谏我道："家庭状况闹到像这样地步了，固然叫人生气，但足下父亲死了，母亲尚在，妻子过世了，儿子还没立门户，竟要就此飘然出世，你心能安吗？"我道："然而如之奈何？"淡安道："就委屈一下，暂时住在寒舍。我听说石琢堂已经写了告假回故乡的信了，何不等他归来，然后去谒见？他必然可以想出安置你的法子。"我说："我在为父亲服丧，还没满一百天；兄弟们有老父母在堂上，我住过去，恐怕有许多不方便处。"揖山道："我们兄弟来邀请你，也是我父亲的意思。足下如执意觉得这样不方便，我们西邻有禅寺，方丈僧与我交情最好，足下就设榻在寺里居住，如何？"我答应了。青君道："祖父所遗下的房产，价值不下三四千两银子。既然已经决定这遗产分毫不取，岂能连自己的行囊也舍在那里呢？我这就去取了行囊，径直送到禅寺里父亲您的居住处好了。"于是我便得了我的行囊，还得了青君拿来的、我父亲所留下的几件图书、砚台和笔筒。

寺里的僧人，安置我住在大悲阁。这阁子向着南面，朝东设神像；隔出西首一间房，设着月窗，紧对着佛龛，中间是做佛事的人吃斋所在。我即在其中设榻居住，临着门有关羽关圣人提着青龙偃月刀的立像，极为威武。院中有一株银杏树，大三抱，树荫覆满大悲阁，夜静时分，风声狂莽如吼。

夏揖山经常带着酒水果子来与我对饮，问我："足下一人独住在这里，夜深了睡不着时，不会害怕吗？"我道："我一生坦诚刚直，胸中没有脏念头，问心无愧，怕什么？"住了不久，大雨倾盆，连宵达旦，下了三十多天。当时我担心银杏折了枝，压到房梁上，把屋给压倒了。还好神灵默默保佑，最后也安然无恙，反而是外头，墙坍屋倒的，多得不可计算，近处的田禾庄稼，都被水淹没了。我则每天与僧人作画，对外头的扰攘不见不闻。

七月初，天才放晴，夏揖山的父亲（号莼芗），有交易要去崇明，就带着我去了。我代笔做文书，得了二十两银子酬报。回苏州时，正值我父亲即将安葬。我弟弟启堂命我儿子逢森来跟我说："叔叔他因为葬事缺乏用度，希望借个一二十两银子。"我打算将二十两倾囊给出去，夏揖山不答允，帮着担负了其中一半。我于是带着青君先到墓地。等父亲安葬完了，我仍然返回去住在大悲阁。

九月末，夏揖山有田在东海永泰沙，他又带我去收田租。来去之间，盘桓了两月，归来时已是残冬时节。我移居到夏揖山家的雪鸿草堂过年。他对我真是如同异姓骨肉啊。

嘉庆十年七月，石琢堂这才从都城回了故乡。石琢堂名韫玉，字执如，琢堂是他的号。他与我是总角之交，自小相熟。他是乾隆五十五年的状元，出任四川重庆。因为白莲教之乱，他征战三年，功劳卓著。这次回来，与我相见，甚为欢喜，于是重阳节带亲眷回去赴任四川重庆的官职时，就邀请我一起去。我即刻去九妹婿陆尚吾家拜别了我母亲——因为我先父的故居已归了别人了。我母亲嘱咐道："你弟弟不值得依靠，你出去须得努力，重振咱们家的声誉，全指望你啦！"儿子逢森送我到半路，忽然落泪不止，我于是叮嘱他别送了，他这才回去。

船出了京口，石琢堂想到有位旧交孝廉叫作王惕夫，在淮扬盐署，于是绕道去见面，我也跟着一起去了，又得以去探视了芸的坟墓。

入川途中，船由长江溯流而上，我一路游览名胜。到了湖北荆州，琢堂得了升他为潼关观察的讯息，于是让我和他儿子石敦夫及家眷等，暂时寓居在荆州，石琢堂自己轻骑简从，去重庆过年，然后由成都经过栈道，去潼关上任。嘉庆十一年二月，家眷这才由水路到樊城登陆转去潼关。路途漫长，经费短缺，车马沉重，人丁又多，一路上马死轮折，实在辛苦得很。我们抵达潼关刚三个月，石琢堂又被升为山左廉访。因为他两袖清风没什么积蓄，盘缠不够，家眷亲属不能一起走，我们只好暂且借了潼川书院，寓居下来。十月末，石琢堂领了朝廷的俸禄，这才有盘缠，专门派人来接家眷，且带来了青君的书信，读信惊悉：我儿逢森已于四月间亡去了。

我忆起，先前逢森送我时泪流不止，原来那是预示父子就此永别啊。呜呼！芸仅有这一个儿子，她的香火就此无法再续了！琢堂听了，也为此长叹，赠了我一个妾，让我重入春梦。从此的生活，扰扰攘攘，又不知等到什么时候，梦才能醒了。

# 浪游记快

我当幕僚，游宦三十年以来，天下没有到过的地方只有四川、重庆和云南罢了。可惜四处奔忙，处处得跟着人走，于是山水怡情，只是如云烟过眼，只能领略其大概，不能探寻僻远幽深的景致了。我的为人，凡事喜欢独出己见，不屑于随着别人，即算是谈论诗品评画，无不都是带着“人家喜欢的我舍弃，人家舍弃的我偏捡起来”这意思。所以风景名胜，重要的还是心中有所得。有所谓名胜，而我不觉得好的地方，也有不是名胜，而我自以为非常美妙的地方。这里所写，也只是把我平生经历的地方一一记下来而已。

我十五岁时，父亲稼夫公在山阴赵明府处做事。有位赵省斋先生，名传，是杭州名望颇高的博学之士。赵明府请他来教自己的儿子读书，我父亲就命我也拜投在赵先生门下。闲暇日子，出外游玩，就到了吼山。这山离城大约十余里，陆路走去是不通的，须走水路。近了山，见有一个石洞，顶上有成片状的石头横着裂开，俨然要坠下来似的。我们便从石头下荡舟进去，发现洞中豁然空旷，四面都是峭壁，这儿俗称“水园”。临着水流，建有五椽石阁子，对面石壁上，有“观鱼跃”三个字，流水深不可测，相传其中有巨大的鱼潜伏着，我投了鱼饵试试看，仅见着长不到一尺的鱼冒出水来，吞吃鱼饵。

阁子后面，有条道路通向旱园，园林假山乱杂杂地矗立着，有的石头横阔得像手掌，有的石头，柱石平在其顶，而上面又叠着大石头，斧凿痕迹还在，没什么可取的。游览完了，我们在水阁里设酒宴，命跟来的人放爆竹：轰然一响，万山一起回声响应，犹如听见了霹雳。这是我幼时畅快游玩的开始，可惜没能去到兰亭和禹陵，至今还引以为憾。

我到山阴的第二年，先生因为自己父亲年老，不愿离家远游，于是在家设了书塾，我也跟着去了杭州，因此得以畅游西湖的胜景。西湖周遭结构曼妙的所在，我认为以龙井为最佳，小有天园排第二。最好的石景，我认为是天竺的飞来峰，以及城隍山的瑞石古洞。水则是玉泉最好，因为玉泉水清澈，鱼很多，有活泼的趣味。大约最不堪的所在，是葛岭的玛瑙寺吧。

其余像湖心亭、六一泉这些景物，各有美妙的地方，不能一一尽数称述，然而都不脱脂粉气，反而不如小静室，幽深僻静，其风雅近乎天然。

苏小小墓在西湖的西泠桥侧面。当地人指给我看，说这里一开始仅有半丘黄土而已。乾隆四十五年，圣上南巡，到西湖来，曾一一问到，于是下头人就关切了；乾隆四十九年春天，天子又举行南巡盛典，这时候苏小小墓已经用石头筑了坟，做成八角形，上头还立了一块碑，大字写道：“钱塘苏小小之墓”。从此而后，凭吊古人的文人骚客，就不用徘徊湖边细细探访啦。

我想，自古以来，忠烈的英雄魂魄最后声息湮没、不复流传于世的，自然是不可胜数了；流传下来可是又不能久长的，也实在不少。苏小小一个名妓而已，自南齐到今天，居然尽人皆知，这莫非是她灵气所钟，专为西湖周围的湖光山色点缀么？

西泠桥北不远，有一处崇文书院。我曾与同学赵缉之，投考在这书院里。那时正值长夏季节，我们起床极早，出了钱塘门，过了昭庆寺，上得断桥，就坐在石栏杆上。那时旭日将升，朝霞映在柳枝外，极尽娇妍的姿态。白莲花的香味之中，清风徐徐吹来，令人从心到骨头，都为之一清。我们步行回到书院，老师的文题还没出来呢。总得午后才交上文卷去。

我曾和赵缉之在紫云洞纳凉，那地方的大小，可以容纳数十人，石头缝隙里透着日光。有人进洞，设了短几矮凳，摆开家什，专门在此卖酒。我们解开衣服，小酌一场，品尝鹿肉干，觉得甚是美妙，再配搭些鲜菱雪藕，喝到微酣，这才出洞。赵缉之便说：“上头有朝阳台，颇为高旷，何不去游玩一下？”我也发了兴致，奋勇爬山，登了山巅，低头看只觉西湖仿佛镜子，杭州城小得如同弹丸，钱塘江犹如衣带，极目望去，能望见数百里远近景物。这是我生平最为浩瀚大观的一场胜景。在朝阳台坐了良久，太阳要落山了，我们俩互相搀扶着下了山，南屏晚钟已经响了起来。

韬光、云栖那些地方，因为路远，我们未曾去过。红门局的梅花，姑姑庙的铁树，看来则不过如此。我以为紫阳洞必然很好，值得一看，结果访寻到了那地方，见洞口仅容得下一根手指，往外涓涓流水而已。相传其间别有洞天，只叹恨我们不能挖开一道门冲将进去。

清明节那天，先生去春祭扫墓，带着我一起出郊赏游。先生要祭的墓在东岳，那里竹子很多，看坟的人掘了没出土的毛笋，形状像梨，只是略尖，做成羹来供客人品食。我尝了觉得甘美，饮尽了两碗。先生道：“噫！这笋虽然味道鲜美，可是不容易消化，应当多吃些肉来化解。”我素来不贪吃肉，到这会儿，饭量也因为吃了笋而大减，回家路上，只觉得烦躁，唇舌都要干裂了。我们经过石屋洞，那地方不算好看。水乐洞的峭壁上多有藤萝，进了洞，仿佛进了间斗室，有急促的泉水流动，声音琅琅动听。池子只有三尺宽，深大约五寸，不溢出也不枯竭。我俯身就着泉流喝水，烦躁顿时解了。洞外有两个小亭子，坐在其中，可以听见泉水之声。和尚请我们去看万年缸。那缸在寺院的香积厨，形体甚为巨大，以竹节引了泉水，灌在缸中，听里头水声满溢。因为年深月久，结了一尺来厚的青苔，到了冬天都不结冰，所以这缸也不会因冻冰而损裂。

乾隆四十六年秋八月，我父亲得了疟疾，回到故乡，冷了要火取暖，热了就要冰就寒。我劝谏他不要如此，父亲不听，之后病势转成了伤寒，日益严重起来。我侍奉父亲汤药，昼夜不能合眼，几乎有一个月的时间。我妻子芸也在这时生了大病，恹恹卧在床上。我心境恶劣，无可形容。父亲把我叫到床头嘱托道："我这病怕治不好了，你守着读几本书，终究不是养家糊口的长远之计，我把你托付给我义弟蒋思斋，你仍然继承我的事业就是了。"第二天，蒋思斋来了，我父亲就命我在他病榻前，拜了蒋先生为师。不久，因为得了名医徐观莲先生的诊治，我父亲病体逐渐痊愈，芸也病好了些，可以慢慢起得床来。而我则因为已经拜了蒋先生，也从此开始学习做幕僚了。这不是什么畅快的事儿，为什么记在这里呢？答：这是我抛下读书，浪游的开始，所以记下来。

蒋思斋先生，名襄。那年冬天，我就跟着他到奉贤官舍学习当幕僚。有位一起学当幕僚的，姓顾，名金鉴，字鸿干，号紫霞，也是苏州人。他为人慷慨刚毅，正直不阿，比我大一岁，我叫他为兄长。鸿干也就毅然称我为弟弟，我们倾心结交。这是我第一的知己好友，可惜他二十二岁就过世了。我从此独自一人，知己甚少，今年都四十六岁了，世事茫茫如沧海，不知道这辈子，能不能再遇到如鸿干这样的知己了呢？

我回忆起与鸿干订交的时节，襟怀高妙旷远，不时兴起了住到山里去隐居的念想。重阳节那天，我和鸿干都在苏州，有前辈王小侠和我父亲稼夫公一起，请了女伶人来演剧，在我家宴请客人。我对这般烦扰甚为厌弃，提前一天约好了鸿干，一起去寒山登高，也借此访求他日在山上结草庐的地界。芸为我整理准备好了酒榼，装了酒具。

第二天，天将拂晓时，鸿干已经登门来邀请了。我于是携着酒榼，和他一起出了胥门，进了面铺，两人各自吃得饱饱的，就渡了胥江，步行到横塘枣市桥，雇一叶扁舟，坐船到寒山时，日头还没到中午。看舟子颇为循规蹈矩，就让他守着船，买米煮饭。

我们两人上了岸，先到了中峰寺。这寺在支硎古刹的南边，循着道路爬上去看，寺庙藏在树林深处，山门寂静，地方荒僻，僧人也悠闲，见了我们二人不修边幅的样子，也就不怎么热情接待了。我俩意图也不在于此，就没有深入寺庙。

我们回到船上，饭已经煮熟。我们吃完了饭，船夫就带着酒榼跟我们一起出发，嘱咐他小儿子守着船。我们由寒山走到了高义园的白云精舍。那轩临着悬崖峭壁，峭壁上飞凿着小池，用石栏杆围住，池中一泓秋水。悬崖上挂着薜荔藤萝，墙上积着莓苔。我们坐在轩下，只听见落叶萧萧之声，四野悄然，没有人往来的踪迹。

出了精舍门，有一处亭子。我们嘱咐船夫坐亭子里等我们，就从石头罅隙中进去，那地方险窄得很，叫作“一线天”。我们循着台阶，盘旋向上，直达到巅峰，那地方叫“上白云”，有座庵，已经坍颓了，留存有危楼，仅能远远眺望。我们略微休息片刻，即互相扶着下来。

船夫道：“你们登高去，忘了带酒榼去啦。”鸿干道：“我二人的这番游览，是想寻觅一起隐居的地方，不是专门为了登高呀。”船夫道：“离开这地方，往南走出二三里地面，有个上沙村。那里人家挺多，有些空地。我有个表亲，姓范，居住在那个村子里，何不去走一趟看看？”我听了欢喜，道：“那是明末徐俟斋先生隐居的所在呀，听说有个园子，极为幽雅，只是从未去游玩过呢。”

于是船夫做向导，带我们前去。那村子在两座山的夹道之中。园子依着山，其中没有什么怪石；园子里的老树，大多极尽纡回盘郁的姿态；亭榭窗栏，都是按着朴素的格调设计的；竹篱茅舍，真不愧是当年隐者的居所。园子中间有个皂荚亭，树很粗大，约有两抱。我所经历见识的园林亭台，算这个园子为第一了。

园子左边有座山，俗称作鸡笼山，山峰直竖，上头累加了大石头，就像杭州的瑞石古洞，只是不及瑞石古洞那么玲珑精巧。旁边有一块青石，仿佛一个榻的模样，鸿干卧在上头道："这地方，抬头仰望峰岭，低头俯视园亭，既空旷，且幽雅，可以举杯喝酒啦！"于是拉了船夫，一起饮酒，我们或歌吟，或长啸，大畅胸怀。当地人知道我们是为了找结庐的居所而来，误以为我们是勘察风水，就告诉我们某地宜居等等。鸿干道："我们只期望找的地方合自己的意思，不在乎风水。"（哪里意想得到，此话竟一语成谶！）酒已经喝到见了底，我们游兴不减，各自采了野菊花，插满两鬓。

我们回到船上，日头已经要下去了。到了起更时分，我回到家，家中客人还没散去呢。

芸悄悄告诉我道："女伶人中，有个叫兰官的，人品端庄，很是可取。"我就假传母亲的命令，去叫了兰官进房间来，握着她的手腕看她，果然脸颊饱满，肌肤白腻。我回头看芸道："美倒是很美，终究有些名不副实。"芸道："胖的姑娘有福相啊。"我道："当年唐明皇在马嵬坡被迫赐死了杨贵妃，杨玉环那么丰满，她自尽时，福相何在呢？”芸找了其他借口，先请兰官出去了，回头对我说：“今天郎君又喝到大醉了么？”我于是历历叙述这一天所游赏的风景，芸也神往了很久。

乾隆四十八年春天，我跟着思斋先生去扬州赴任，这才见识了金山和焦山的真面目。金山适合远观，焦山适合近看，可惜我往来金山、焦山之间，未曾登山眺望过。

渡江往北，王士祯所谓“绿杨城郭是扬州”这句话，真是活现眼前啊！

平山堂离扬州城距离大约三四里，游玩起来却得八九里。那地方虽全是人工建成，可是奇思幻想，点缀天然，就算是阆苑瑶池、琼楼玉宇，谅来也不过如此了。

平山堂的妙处，在于十余家的园亭合而为一，联络到山边，气势一气贯通。最难处理的位置，是出了城，入得平山堂景地，有一里左右，是紧沿着城郭的。本来城池点缀在旷远重山之间，才能入得图画，园林跟城池凑搭，简直蠢笨绝伦。可是看平山堂这里，或是亭、台、墙、石，或是竹树，都是设计在半隐半露之间，使游人不觉得它们触目，这若非胸中有丘壑的人，断然难以下手措置。

城至“虹园”这边到头，转折向北，有石桥一座，被称作“虹桥”，不知道是园子以桥来命名，还是桥以园子来命名？

荡舟而过，看见了叫作“长堤春柳”的景致。这处景致不缀在城墙脚，而缀在这里，更见出其布置的巧妙。再折向西面，看见有垒起的土丘上立着寺庙，叫作“小金山”，有这庙一挡，便觉出气势紧凑来，这设计也不是俗笔。我听说这地方本来多是沙土，所以屡屡筑庙，都不成功。于是用了若干大木排，层叠加土，费了几万银子，才筑成这“小金山”。如果不是大商人家里，怎么能做得到呢？

过了这地方，有个胜概楼，人们年年聚在这里，看赛舟竞渡。河面较宽，有一座莲花桥跨河连接南北，桥门通八个方向，桥面上设着五个亭子，扬州人管这个叫“四盘一暖锅”，这算是思穷力竭的设计了，不算很可取。

桥南边有个莲性寺（吴音“心”“性”读音相近，故三白误作“莲心寺”），寺中突起一座喇嘛白塔。这塔金顶缨络，矗立着直插云霄，殿角的红墙边，有松柏掩映，时时听到钟磬声：这是天下园亭从所未有的。

过了桥，看见有三层高阁，画栋飞檐，五彩绚烂，叠着太湖石，围着白石栏，名叫作“五云多处”。这地方声势不凡，犹如写文章中间的大结构。

再过去，就是名叫“蜀冈朝旭”的地方，平淡无奇，而且这名字都是牵强附会的。

快要到山边了，河面渐渐变窄，河旁有土堆植着竹树，让河水作出四五曲弯折的模样。到这地步，似乎已经山穷水尽，而前面忽地豁然开朗：平山的万松林就陈列在面前了。“平山堂”这三个字，是当年欧阳修亲手书写的。

所谓的淮东第五泉，真的泉水在假山石洞中，不过是一个井罢了，味道与雨水一样；这泉的荷花亭中，有个六孔铁井栏，乃是虚设的一个井，里头的水不能喝。

九峰园则另外在南门幽静的所在，别有天然趣味，我以为算是几个园中最佳的。至于康山，我没去到过，也不知道如何。

这些说的，都只是大概。平山堂的匠心巧妙之处、精致美丽之处，不能尽行述说，大约适合把平山堂当作是艳妆美人，不能当成浣纱溪的清秀民间女子看待了。我也是恰好恭逢天子的南巡盛典，各处工程都竣工了，都在演练，预备迎接圣驾，因此得以欢畅地观看过一遍，这也是人生难遇的机缘啊。

乾隆四十九年春天，我在吴江何明府官衙中侍候我当幕僚的父亲，与山阴的章蘋江、武林的章映牧、苕溪的顾蔼泉诸位先生作同事，办理南斗圩行宫的事宜，于是得以第二次瞻仰了天子的容颜。有一天，天色将晚了，我忽然就动了回家的兴致。那会儿恰好有办差的小快船，我就坐上去了，双舻两桨，在太湖飞棹疾驰，吴地俗称这种快船叫作“出水辔头”，转瞬之间，船已经到了苏州吴门桥。即便是跨鹤腾空，也没有如此神异爽利。我到了家，晚饭都还没熟呢。

我故乡苏州，向来崇尚繁华，到这一天，争奇夺艳，比以往尤其显得奢华。彩灯炫目，笙歌闹耳，古人所谓的“画栋雕甍”“珠帘绣幕”“玉栏杆”“锦步障”，也不过如此了。我被朋友东拉西扯着，帮他们插花结彩。闲下来了，就呼朋引伴，痛快喝酒，狂放唱歌，畅所欲游。少年时豪迈兴致，不知道疲倦为何物。如果生在盛世光景，可又居住在穷乡僻壤里，怎么可能得此快意游观呢？

那年，何明府遭了事，被弹劾了，我父亲就接了海宁的王明府聘约。那时嘉兴有位叫刘蕙阶的，吃长斋拜佛，特意来拜访我父亲。他家在嘉兴烟雨楼侧畔，有一个阁子临着河，叫作“水月居”，是他诵经的地方，清洁干净，就像僧人的精舍。烟雨楼在如镜一般的南湖之中，四岸都是绿杨树，只可惜竹子不多。楼上有平台，可以登高远眺，只见渔舟列在湖中，犹如星辰；水波平静，漠漠茫茫，似乎很适合月夜。和尚备的素斋，味道很好。

我与父亲到了海宁，他与白门的史心月、山阴的俞午桥共事。史心月有一个儿子，名叫烛衡，为人澄静缄默，彬彬儒雅，与我算是莫逆之交。这是我生平第二个知心好友。可惜萍水相逢，聚首的日子实在不算多。

我们去游玩了陈邦直家的安澜园。这园子占地大约百亩，楼阁重叠往复，夹道回廊很是曲折；池子极广大，桥做成六曲形；石头上满是藤萝，斧凿痕迹全掩住了；古树有成千棵，都是参天大树的声势；鸟啼花落，让游玩者如同进了深山。这园子虽是人工做成，可是效果归于天然。我所经历过的平地上的假石园亭，以这个园子为第一。曾在桂花楼中铺张宴席请人，诸般菜肴的味道，都被花香遮盖了，唯有酱姜味道不变。姜的性子，越老越辣，所以拿生姜比喻忠节的臣子，实在不是虚妄啊。出了海宁南门，就是大海，一天有两次来潮，犹如万丈银堤，破海而过。船中有迎着潮浪的，一看潮水到了，反过了船，面着潮水，船头设一木招，形状犹如长柄大刀，这木招一捺，海潮就分破裂开，船便随着木招进了潮水；一会儿船在潮中浮起，拨转船头，跟着退潮一路前去，顷刻间能被退潮拉出百多里去。

塘上有个塔院，中秋之夜，我曾跟着父亲在这里观潮。循着塘东，大约三十里地，一座山叫作尖山，有突起的山峰，扑入海中，山顶有个阁子，匾上题字道“海阔天空”，站在那山顶，四周一望无际，只见到海涛怒卷，直接着天空而已。

我二十五岁那年，应了徽州绩溪的克明府召请，从武林下了“江山船”，过富春山，登上了严子陵当年的钓台。那台在山腰上，突起的山峰之尖，离水大概有十余丈高低。难道汉朝时，水面竟会和峰齐平么？要不然，严子陵怎么钓鱼呢？

当晚月夜，将船停泊在界口，那地方有巡检署，苏轼所谓的“山高月小，水落石出”，宛然就是这种光景。

仅得见黄山山脚，可惜未能观其全貌。

绩溪城地处万山群绕之中，是个弹丸小城，此地民风淳朴。靠近城池，有座石镜山。由山弯中间，曲折走出一里多地，有悬崖和湍急的流水，山壁湿润，翠绿欲滴；再往上爬到山腰，有一方石亭。那石亭四面都是陡峭的山壁；亭子左边，石头削平，仿佛屏风，青色光润，可以照得见人的样子。民间传说，这地方能照见前生。唐末黄巢到了这地方，照见自己前生是个猿猴模样，生起气来，纵火把这块镜石烧了，从此再也照不出前生来了。

离绩溪城十里，有一处“火云洞天”。那地方石纹盘绕虬结，岩石凸凹不平，如元朝王蒙的山水画笔意，而又杂乱无章，洞中的石头，都是深绛色。洞旁便有一座庵，很是幽静，盐商程虚谷曾招我游玩，在这庵里设宴。酒席中有肉馒头，小沙弥在旁边盯着看，我就给了他四个。临走时，我摸出两个番银做酬报，山里的和尚不认识番银，推辞不肯接受。我跟和尚说，一枚番银，可以换铜钱七百多文呢，和尚说附近也没有换钱的地方，还是不要了。于是我们凑了六百文铜钱给他，和尚这才欣然道谢。

后来又一次，我邀请同僚带着酒榼，再去那庵庙，老和尚嘱咐我们道：“先前我庙里小徒弟，不知道吃了什么，拉肚子了。今日你们就甭给他吃啦。”由此可知，和尚的肚子真承受不了肉味，真是可叹啊。我对同僚说：“做和尚的人，必须得到这等僻静的地方，对于俗世俗务，终身不看不听，或者真可以修真养静。像我故乡的虎丘山上那些和尚，终日眼睛看见的都是妖娆童子、艳丽妓女，耳朵所听到的都是弦索笙歌，鼻子所闻到的都是佳肴美酒，怎么能身如枯木、心如死灰地修行呢？”

离绩溪城三十里，有个地方，名叫仁里，那里有花果会，每十二年举办一次。每次举办，各家都摆出自己的盆花来比赛。我在绩溪时，恰好赶上其中一次，欣然想去，苦于地方不近，我又没有轿子马匹。于是我就用断竹做杠子，绑上了椅子，如此做成个轿子，雇了人肩扛着我去了。跟我一起去的，只有同事许策廷，见着我坐这自制轿子的人们，无不惊讶大笑。

我就坐这轿子，到了仁里地方。那里有座庙，也不知供着什么神。庙前面空旷处，高搭着个戏台子，画梁方柱，极其巍峨，模样焕彩。走近了看，则是些纸扎的彩画，抹上了油漆。

忽然听见锣声到来，抬眼望去，是四人抬着一对蜡烛，其大如同断掉的柱子；又有八个人，抬着一只大若牯牛的肥猪，原来是大家集体养着十二年，这才拿来，宰了祭献神灵。策廷笑道：“猪固然寿命长，神灵的牙口也真锋利，这才咬得动。我如果当了神灵，怎么能吃得下这口猪啊。”我说：“这也足见得他们有些愚拙的虔诚啦。”

我们进了庙，见殿廊轩院处所陈设的花果盆玩，并不特意修剪枝叶，扭拗茎节，都是以形态苍老古怪为好，大半倒都是黄山松。然后开场演剧，看热闹的人来如潮涌，我与策廷就避走了。

没到两年，我与同事们不合，就辞职回乡里了。

我因为去了趟绩溪游历一番，看见官场之中卑鄙无耻的情状，着实不堪入目，于是不想再当儒生做笔墨生涯，就谋划改行做生意。我有个姑父，叫作袁万九，在盘溪的仙人塘，做酿酒生意。我就与施心耕一起，出钱入股，合伙做生意。袁万九姑父的酒本来都是走海路贩运的，不到一年，恰好赶上台湾林爽文之乱，海上航路被阻隔，货物积压卖不出去，本钱折赔得一塌糊涂。我不得已，只好重操旧业，去江北做了四年幕僚，就没有什么畅快游玩的经历可以记述了。

等我住到了萧爽楼，正在过俗世神仙的日子，有表妹夫徐秀峰从广东回来，见我闲居在家，慨然道：“足下这样靠字画为生，终究不是长久之计，何不与我一起去岭南一行？料想所得应当不只是蝇头小利。”芸也劝我道：“趁着这时候，父母还健康，你还在壮年，与其商量计算着柴米油盐一边寄情书画作乐，不如挣一些钱回来，也能一劳永逸。”我于是跟我交游的朋友们商量，集了些资金做本钱。芸也自己搜罗了些苏州绣品，以及岭南所没有的苏酒、醉蟹等物交付给我。

我禀告过了父母，于十月十日，跟着徐秀峰一起，由东坝出芜湖口南下。

这是我初次游历长江，真是让人襟怀大畅。每晚船停泊后，我必得在船头小酌。见捕鱼的人们所用的罾幂，大小不满三尺，孔大约只有四寸，用铁箍四角，看上去很容易沉下去。我就笑道：“圣人虽然教导我们‘罟不用数’，可是这样的大孔小罾，怎么能捕到鱼呢？”秀峰解释道：“这是专门为了网鳊鱼所设计的。”

我见船夫把鱼罾绑上长绠绳，在水里沉浮，忽起忽落，似乎是在探测水里有没有鱼。不一会儿，急速将鱼罾挽出水来，已经有一条鳊鱼被枷在罾孔里起来了。我这才感叹道：“我的寡见，还不足以领会到其中奥妙啊。”

船行途中，有一天，我见着江心中间，有一座峰突起，四面没有依倚其他山势。秀峰告诉我：“这就是小孤山。”秋季枫林之中，殿阁参差掩映着。船乘风径直过去了，可惜未能游玩一趟。

船到了滕王阁，看那地方，仿佛是我们苏州府学的尊经阁移到了苏州胥门的大码头似的，王勃名文《滕王阁序》中所说的壮丽情景，看来不能当真。我就在滕王阁下，换了高尾昂首的船，名叫“三板子”，由赣关渡到南安登陆。那天恰好是我三十岁生日，秀峰备了面给我祝寿。

第二天，我们过大庾岭，望见山巅有一个亭子，匾额写道“举头日近”，是说这地方所在之高。山头分为两段，两边各有悬崖峭壁，中间留了一条道，仿佛一条石巷子。道口列着两座碑，一块碑上刻字道“急流勇退”，一块碑上刻字道“得意不可再往”。山顶有个梅将军祠，我也没考证这梅将军是哪一朝的人。所谓的大庾岭上梅花，待要看时，山上并没有一棵梅树，难道是因为梅将军，才得名叫梅岭么？我所携带预备当礼物送人的盆栽梅花，现在将要进入腊月，已经花落叶黄。

过了大庾岭，出了山口，山川风物，便顿时让人觉出不同来了。大庾岭西边有一座山，石窍玲珑精妙，我已经忘了名字；轿夫说：“那山里头，有仙人的床榻。”结果就这么匆匆过去，我为没能去游玩，大感惆怅。

我们到了南雄，雇了老龙船，坐船过了佛山镇，见佛山的人家，墙顶上多陈列着花盆，那盆里叶子如冬青，花如牡丹，有大红、粉白、粉红三种：原来是山茶花。

腊月十五，我们方才抵达了省城广州，就寓居在靖海门内，租赁了姓王的房东家临街楼屋三椽。秀峰的货物，都销售给当道客人，我亦随着他开了单，一一拜客，就有配礼的人，络绎前来取货，不到十天，我的货物已经售尽了。除夕时节，蚊子声骚动如雷。过年贺新时，有穿着棉袍纱套就上门的人。看来广州这里不仅与中原江南气候迥然有别，即便是土著人物，五官与中原人长得一样，神情却也迥异呢。

正月十六，有署中同乡的三位朋友，拉着我坐船游河看歌妓，这名堂在广东叫“打水围”，歌妓叫“老举”。于是我们一起出了靖海门，下了小艇（小艇就像鸡蛋剖分成两半，上头加个篷似的），先到了沙面。歌妓的船名叫“花艇”，都是对着头，分排而列，中间留着条水巷，以便让我们所坐的小艇往来通行。每一帮船，约有一二十艘，就用横木绑定了，以防海风颠簸。两船之间，用木桩钉牢了，套上藤圈，以便随潮水涨落。老鸨在这里被叫作“梳头婆”，头上用银丝做架子，高约四寸，架子中间空着，将头发盘在架子外，用长长的挖耳勺插一朵花在鬓角，身披着元青色短袄，穿着元青色长裤，裤管一直拖到脚背，腰里束个汗巾子，或红色，或绿色，赤脚不穿袜，穿着撒鞋，式样一如梨园里旦角的脚。

我们登上了“花艇”，老鸨就躬身笑脸相迎。我们掀起帏帐，进了船舱，见两边列着椅子杌子，中间设着个大炕，有一扇门通向艄后。老鸨嚷嚷“有客人”，就听见鞋子声杂沓出来：这些个歌妓，有挽着发髻的，有盘着辫子的，有的人敷粉厚得像粉墙，有的人搽胭脂像榴火。有的红袄绿裤，有的绿袄红裤，有的穿着短袜和绣花蝴蝶鞋，有赤着脚套着个银脚镯的，有的蹲在炕上，有的倚在门边，双目闪闪，一言不发。

我回头看秀峰，问他："这是干什么呢？"秀峰道："你看定了，招了她们，这才过来呢。"我试着招了一个，果然就满脸欢容，到我近前，袖子里拿出槟榔来敬我。我将槟榔纳入嘴里大嚼，只觉得涩到不能忍受，急忙吐出来，用纸擦嘴唇，只见唾液殷红如血。满艇中人都大笑起来。

我们又到了军工厂，看见其他歌妓装束也和先前一样，只是无论长幼，都能弹琵琶罢了。跟她们说话，回答"谜"，"谜"的意思，是在问"什么"呢。我说："人家都说，'少不入广'，是因为广东这地方销魂；可见识到这般野蛮的妆容言语，谁会为之动心呢？"一个朋友说："潮帮那里，姑娘都装束得像仙子，可以去游玩游玩。"我们到了潮帮，见船排得也像沙面似的。有个著名老鸨名字叫素娘，装束打扮得像个唱花鼓的妇人：她麾下那些粉头们，衣服都是长领子，颈上套着项圈儿，前额头发齐眉，后脑头发垂肩，中间挽一个鬏，看上去跟丫鬟的发髻似的；裹足的姑娘就穿着裙子遮盖，不裹足的姑娘就穿着短袜，也穿着蝴蝶履，长拖着裤管，说话语音倒还可以分辨。然而我终究嫌弃是奇装异服，兴趣索然。

秀峰又出主意道："靖海门对面的渡口，有扬帮的船，着的是吴地妆容。你去那里，必有合你意思的人。”有个朋友插嘴道：“所谓的扬帮，也就是一个老鸨罢了，那老鸨叫作邵寡妇，带着个媳妇儿叫作大姑，算是从扬州来的，扬帮其他女子，都是湖广江西人呀。”我们于是去了扬帮。面对面两排船，只有十来艘，其中的歌妓，都是鬟鬓蓬松如云雾，薄薄地施着脂粉，阔袖子，长裙子，语音也算听得懂。那位邵寡妇，对我们接待殷勤。

于是有一个朋友，另外喊了酒船来，大的酒船叫作“恒艘”，小的叫作“沙姑艇”，出钱做东，邀我们下船喝酒，请我选择个合意的歌妓。我就拣择了一个年纪幼嫩的姑娘，身材状貌，看上去有些像我妻子芸娘，可是脚极其尖细，这姑娘叫作喜儿。秀峰就点了个叫翠姑的。其他的几个朋友，都有旧相识，于是带了下船，将酒船放到中流，大家开怀畅饮。

到了起更时分，我怕自己支持不住，坚持要回寓所去了，可是城门早就下了钥，关上了。原来临海的城池，到了日落时分就关了门，我倒是不知道，只好接着喝酒。到酒席终了，有躺着吃鸦片烟的，有拥着妓女调笑的，那边厢也各自送来了衾被和枕头等，即将要在船里连床开铺，让我们过夜了。我就悄悄问喜儿：“你自己的小艇，我可以去睡么？”喜儿答道：“倒是有船顶的楼可以住，只是不知道这会儿那里可有其他客人占着了。”我说：“姑且前去探一探看。”

我于是招小艇，渡到了邵寡妇的船上，只见整个扬帮的灯火相对横列，仿佛长廊，船顶的楼恰好没客人。老鸨就笑脸相迎道：“我知道今儿有贵客前来，所以特意留了船顶楼，前来待客人呀。”我笑道：“妈妈您真是荷叶下的仙人，竟能知人心意！”于是有听使唤的人，移了蜡烛，给我引路，由舱后的梯子爬上船顶楼去，见里面陈设布置，宛如斗室，旁边一张长榻，几案都备着呢。揭了帘子再进去，就发现自己在头舱的顶上了，床也设在一旁，中间方窗嵌着玻璃，这样不点蜡烛，也能有一房间的光亮：原来是对面船上的灯光透过玻璃窗来。衾被帐子、梳妆镜奁，都颇为华美。

喜儿道：“从台上看出去，可以望月亮。”就在梯门之上，叠开了一窗，盘旋着爬出去，就上了船后梢的顶。那船顶三面都设了短栏杆，望见头顶一轮明月，四下里水阔天空。水中纵横犹如乱叶浮水的，就是酒船；闪烁如繁星列天的，是酒船的灯火；更有小艇，如梳子般密密麻麻往来如织，笙歌弦索的声音，夹杂着潮声纷涌，让人情动。我道：“所谓‘少不入广’，应当就是这缘由了！”可惜我妻子芸娘不能跟我一起到此一游。回头看喜儿，月光下依稀觉得她和芸娘愈加像了，于是挽了她下台去，灭了蜡烛，睡下了。天将破晓时，秀峰等已经哄然赶到。我披了衣服，起身出迎，他们几位都责备我昨夜逃席，我说：“没其他理由，就是怕诸位掀我的衾被揭我的帐子来看热闹罢啦！”于是大家一起回寓所了。

数天之后，我和秀峰一起游海幢寺。那寺建在水中，围墙如城池，环绕寺四周。墙上离水五尺高低留了洞，设了大炮，以防备海上贼寇。潮起潮落，随水浮沉，炮门居然也就或高或下，这也是深奥微妙、难以推敲得知的事啊！

十三洋行在广州幽兰门西边，结构看上去，就像洋画里所描绘的建筑。对面渡口，名叫花地，花木很是繁茂，是广州人市井卖花的地方。我本来以为自己无花不识，可是到此一看，市面上卖的花，也就仅认识个十之六七，询问花的名字，有的花名连《群芳谱》都没记载，难道是广州土话对花的读音不同的缘故么？

海幢寺的规模极为宏大，山门里头，种植着榕树，粗大到有十余抱，树荫浓密，犹如华盖，秋冬天都不凋谢。寺庙的柱槛窗栏，都是用铁梨木造就的。寺里有菩提树，叶子长得像柿子似的，将菩提叶浸了水去了皮，肉筋细细，就像是蝉翼纱，可以用来裱小册子写经书。

归途之中，我又去花艇访见了喜儿，恰好秀峰的相好翠姑和喜儿二位都没有客人。我们喝了茶，预备走了，她们再三挽留。我所属意的本来是船顶楼，可是邵寡妇的媳妇儿大姑已经有客人在上头饮酒了。我于是对邵老鸨说："如果可以带二位回寓所里，不妨跟她们一叙。"邵寡妇道："可以。"

于是秀峰先回去了，叮嘱手下人整理酒菜。我就带着翠姑和喜儿，一起回到寓所。正在饮酒谈笑之间，恰好郡署里的王懋老，不期而至，我们便挽了他，一起饮酒。端起酒杯，酒将沾唇了，忽然听见楼下人声嘈杂，似乎要上楼来了。原来是房东有个侄子，素来秉性无赖，听说我招了妓女到家，就带了群人来喧闹，想诈些钱财。

秀峰就抱怨我道："这都是三白一时高兴，不巧把我也卷带进去啦。"我道："事情已经这样了，应当快想想退兵之计，这不是斗嘴的时候啊！"王懋老道："我当先下楼去，跟他们说这事儿。"我就叫仆人来，吩咐快些雇两顶轿子，先让两位妓女脱身送离我寓所，再图谋送她们出城的策谋。

只听见王懋老在楼下费尽口舌，也没法让起哄的人们退去，好在他们也不上楼来。这时候，两顶轿子已经备好了，我的仆人手脚颇为敏捷，就让他头前开路，秀峰挽着翠姑跟着，我挽着喜儿在最后，从楼上一哄而下，闯了出去。秀峰和翠姑，仗着仆人头前冲锋，先撞出门去了；喜儿跑着呢，被人横里面伸手拉住，我急忙起腿，踢中那人的臂膀，那人手一松，于是喜儿脱身而去，我也乘势脱身出来。

我仆人很忠心，还守着门口堵住，以防起哄的人们追来围抢。我急忙问他："见到喜儿了吗？"仆人道："翠姑已经乘轿子回去了，喜娘的话，我只见到她出来，没见到她乘轿子呀。"

我急忙点了火把照明，只见理该载着喜儿的空轿子犹在路旁搁着。我赶紧又追到靖海门，只见秀峰侍立在翠姑轿子旁边，我问他喜儿下落，秀峰答道："莫不是本来往靖海门该往东走，她反而往西面去了么？"我急忙转身前去，过了我的寓所，又向西走了十来户人家，便听见暗处有人唤我。我用火把照着看时，确实是喜儿。我就将她载入轿子，让人抬走。秀峰也赶到了，对我说："幽兰门那里，有水洞可以出城，我已经托人贿赂了守门人，让他开门，翠姑已经出城去了，喜儿也赶紧过去！"我道："你先快回寓所去退兵，翠姑和喜儿就交给我了！"赶到了水洞边上，果然已经开门了。翠姑先在那里等着，我于是左手拉着喜儿，右手挽着翠姑，弯腰鹤步，踉跄出了水门。恰好天上又下起了小雨，路滑得跟油似的，走来不顺。好不容易到了河干沙面，只听见船上笙歌正盛。小艇里头，有认识翠姑的，就招呼她登上船去了。

我这才注意到，喜儿头发散乱像飞蓬似的，钗环首饰都没有了。我问："首饰都被抢去啦？"喜儿笑道："我听说这些钗环都是纯金的，是我阿母的东西，我下楼时，已经都先摘下了，藏在囊中。如果被人抢去了，就要牵累您赔偿啦。"我听了这话，心中很感激她，就让她重新整理好首饰钗环，不用跟阿母说那么多是非了，只托词说寓所人杂，所以仍然回船上来睡。翠姑把这话告诉了邵寡妇，又说："酒菜已经吃饱，备些粥来吃就好了。”

那会儿，船顶楼上喝酒的客人已经走了，邵老鸨就命翠姑也陪着我登上船顶楼去。我就见翠姑和喜儿的两对绣鞋，因为一路奔走，已经沾满泥污了。三人一起喝粥，聊以充饥。剪了烛，絮絮谈来，我才知道，翠姑原籍是湖南，喜儿则是河南人：她本姓是欧阳，父亲故世了，母亲改嫁，自己被恶叔叔卖来做妓女。翠姑跟我讲述了迎新送旧的苦楚：心头不欢畅，可是必须得强颜欢笑；酒力不胜，可是必须强饮；身体不舒服，可还是得强陪着客人；喉咙不爽快，可是必须勉强给客人唱歌。客人稍微不合意，就会掷酒壶翻桌子，大声辱骂；邵寡妇不会体察事由，反而道她们招待不周；还有恶客，对她们彻夜蹂躏，实在不堪其困扰。喜儿年轻，刚到船上来，邵寡妇还稍微怜惜她，对她手软些。说着话，不由眼泪就落下来了。喜儿也不出声涕泣着。我于是挽喜儿入怀抱，好生抚慰她，就让翠姑在外榻睡了——因为她是秀峰的相好。

从此之后，或隔十天，或隔五天，她们必然派人来招我们。喜儿偶尔自放小艇，亲自到河干来迎接我。我每次去，必然邀着秀峰一起，不请其他人，不另外放艇。如此度过一夕欢愉，也只用四圆番银罢了。秀峰今儿找翠姑，明儿招小红，换着姑娘，俗称“跳槽”，甚至一次招两个妓女；我则只叫喜儿一个人。偶尔我独自去了，或是和喜儿在平台小酌，或是跟喜儿在船顶楼上清谈，不逼她唱歌，也不让她多喝酒，对她温存体恤，于是一艇都怡然自得，邻船的妓女都羡慕她。有空闲着没客人的妓女，知道我在船上，必然过来相访。整个扬帮的妓女，到后来没一个不认识我，每次上了邵寡妇的艇，叫我的声音连绵不绝。我也左顾右盼，应接不暇：这种人缘，是那些在歌妓身上挥霍万金的人也得不到的呀。

我在广州待了四个月，大概费了百来两银子，尝到了荔枝鲜果，也算是生平快事。后来邵老鸨打算让我花五百两银子，给喜儿赎身，就此娶了她；我不堪其扰，就盘算欲回家去了。秀峰却迷恋于此，我于是劝他买了一个妾，我们仍由原路返回了苏州。

第二年，秀峰再去广州从商，我父亲就不准我去了，之后我就接了青浦的杨明府处聘书，就职去了。等秀峰从广州回来，跟我述说，喜儿因我不再去，几乎寻了短见。噫！这也是“半年一觉扬帮梦，赢得花船薄倖名”啊。

我从广东归来后，在青浦工作两年，也没有什么畅快游玩可以记述。不久，妻子芸和憨园相遇了，议论沸腾，芸因为激愤生了病。我与程墨安就在家门旁设了一个书画铺，找些收入，聊以帮衬些汤药费。

中秋节后两天，友人吴云客带了毛忆香、王星烂二位，邀请我去游苏州西山小静室。我那天恰好没时间，就嘱他们先去。吴云客说：“你如果能出城来，明天中午，我们当在山前的水踏桥边来鹤庵中恭候你。”我就答应了。

第二天，我留了程墨安守书画铺，自己独自步行出了阊门，过了山前的水踏桥，循着田塍往西走。见一个庵，向着南面，庵门被清澈水流绕着。我敲门探问，里头应声道：“客人干吗来了？”我说了原委，庵里笑道：“这里是‘得云庵’，客人没看见庵门的匾额么？‘来鹤’庵已经过啦。”我道：“从水踏桥一路到此，没见有庵啊。”那人就向回指着道：“客人没见那边土墙中，森森然竹叶繁茂的，那就是了。”

我于是返身到那边墙下，看见小门深闭着。我从门缝里窥看，只见到篱笆短短，小径曲折，绿竹猗猗，寂静得很，听不到人说话。我敲门，也没有人答应。有一个人走过，对我道：“墙上小洞里有石头，是敲门的具什。”我试着拿起石头，连连敲门，果然就有个小沙弥出来应门了。

我于是循着小径进了庵，过了座小石桥，向西一折，这才见着山门：山门悬着黑漆匾额，用粉字写道“来鹤”，后头题有长跋，我也没闲暇细细观看。进了山门，经过韦陀殿，见那里上下光洁，纤尘不染，知道是好一处静室。忽然见左廊下，又一个小沙弥端着壶出来，我大声喊他来问时，便听见房间里王星烂笑道："如何？我就说三白绝不失信，一定会来的！"随即看见吴云客出来相迎，道："等你吃早饭呢，怎么来这么迟？"一个僧人跟在他后头，出来向我稽首。问过才知道是竹逸和尚。我们进了房间，仅有小屋三椽，匾额写道是"桂轩"，庭院中盛开着两株桂花树。星烂、忆香一起嚷道："来迟了！罚三杯酒！"酒席上，荤素菜都精美洁净，酒则黄酒、白酒都备好了。我问道："诸公游了几处地方啦？"云客道："昨天来时，天色已晚，就没出去；今天早晨，仅到了得云、河亭两处罢了。"我们欢饮了半天。吃完了饭，仍到得云、河亭，一共游了八九处景致，到了华山就止步了。这些地方各有佳妙之处，不能一一尽行述说了。华山顶上有莲花峰，因为时候已经要黄昏了，我们就搁着，说好以后再来游玩。桂花的繁盛，到山脚也算是至矣尽矣了，我们就在桂花下面，喝了一瓯清茶，就乘了山上的肩舆，径直回了来鹤庵。

桂轩的东面，另有临洁小阁，这时候已经杯盘罗列，预备停当。竹逸和尚寡言静坐，可是好客又能喝酒。开始我们还折桂摘花，继而就每人行一个酒令，到了二鼓时分才罢宴。我说："今夜月色甚好，我们就在这阁子里酣卧，未免对不起这清澈的月光；哪里能得着一片高旷地方，赏玩一下月色，也算是不虚度这良夜啦？"竹逸和尚道："放鹤亭倒值得去登临一下。"云客说："星烂抱了琴过来，还没听过他的绝妙好调，就到那里去，弹一首曲子，如何？”

我们于是一起去到放鹤亭，只见木樨香里，一路枫林，月下长空，万籁俱寂。星烂就弹了《梅花三弄》，令人飘飘欲仙。忆香也兴致勃发，从袖子里取出铁笛，呜呜吹奏。云客道：“今夜在石湖看月亮的，谁能如我辈这么欢乐呢？”原来我们苏州，逢八月十八日石湖行春桥下，有看月亮的盛会，那会儿看月亮人多，游船排列拥挤，大家彻夜笙歌，名目上虽是看月亮，实则是挟着妓女，哄笑饮酒而已。

一会儿，月落下去，夜霜寒重了，我们兴致也过，就回去睡下了。

第二天早上，云客对大家说：“此地有个无隐庵，极为幽静僻远，你们几位有到过的么？”大家都答道：“岂止没到过，听都没听过呢。”竹逸和尚说：“无隐庵四面都是山，地方甚为偏僻，僧人也不能在那里久住。以前我曾去过一次，那庵已经坍塌废弛了，自从尺木的彭居士重修之后，我还没去过呢。如今我还依稀认得路径。如果大家想去游玩，请让我来做向导。”忆香问：“就饿着肚子去吗？”竹逸和尚笑道：“我已备好了素面了，再让帮忙的道人，带着酒盒跟我们去就好。”吃完了素面，大家便步行前去。

过了高义园，云客就想往白云精舍去。进门就座后，一个僧人缓步走出来，向云客拱手道：“久违了两个月，城里面有什么新闻？抚军大人在署中否？”忆香忽然站起，道一声：“秃！”拂袖径直出门去了。我与星烂忍了笑跟了出去，云客和竹逸和尚还跟那个僧人酬答客套了几句话，也告辞出来了。

高义园就是范文正公范仲淹的墓，白云精舍在它旁边。那园里一轩面着墙壁，上头悬满藤萝，下面凿着一个潭，宽约一丈，一泓水清澈澄碧，有金鳞在其中游泳，名叫“钵盂泉”。轩里头竹炉茶灶，位置很是幽静。轩后面，在绿丛之中，可以瞰见范仲淹墓园的大概。可惜这精舍里的和尚太俗气了，在这里久坐，真让人忍不了。

那时节，我们由上沙村过了鸡笼山，就是我当年和鸿干登高的所在。眼看风景旧物依然，可是鸿干已经不在，真让人觉得有今是昨非之感。正在惆怅之间，忽然见有流泉阻着路，没法前进了；有三五个村中小童，正在乱草中掘菌子，探头看我们，悄悄笑着，好像是在诧异有那么多人到这地方。

我们问小童，附近无隐庵怎么走，小童答道：“前面水大，不能走；你们返回去几步路，南边有小径，过了山岭，可以到达。”

我们按着他们所说，找到了路度过山岭，往南走了一里多地，渐渐觉得竹树丛杂，四山环绕，小径上满是绿茵，周围已经没有人的踪迹了。竹逸和尚徘徊四顾，道：“似乎该在这里，可是路已经认不得了，怎么办？”我于是蹲下身子，细细观察，在千竿竹林之中，隐隐见到了乱石墙舍，有小径掩藏在丛竹之间，于是横穿过竹林去找，这才找见一个门，道是“无隐禅院，某年月日南园老人彭某重修”，大家喜笑道：“如果不是你，这庵就像桃花源似的，被外头遗忘了呢！”

无隐庵山门紧闭，我们敲门良久，没人答应。忽然旁边开了一道门，发出呀的一声，有一个衣衫褴褛的少年出来，面有菜色，脚下鞋子都不完好，问我们道：“请问来客是做什么的？”竹逸和尚打个稽首，道：“我们久慕这庵幽静，特地前来瞻仰。”少年道：“如此穷山僻壤，僧人都散了，没人接待，请找其他地方游玩去吧。”说完了，关了门要进去，云客连忙止住他，请他启开山门，放我们进去游览，许诺必给酬谢。少年笑道：“茶叶都没有，怕怠慢了客人们，哪里会盼望有酬谢呢？”

山门一开，殿中佛像即映入眼帘：佛身金光和庵中绿荫互相映衬，庭阶石础上面，青苔累积犹如织绣，殿后的台级高大如墙，有石栏杆绕着。循着台级向西走，有形状跟馒头似的巨石，高约二丈，细细的竹子环绕着石脚。再往西走，折向北面，由一处斜廊，小心踩着台阶慢慢登上去，看见客堂三楹紧紧对着大石头，石头下面，凿了一个小小的月形池，池里一汪清泉，荇藻交横。

堂东就是正殿了，殿左面向着西面的，是僧房的厨灶，殿后临着峭壁，树荫错杂浓密，仰头看不见天空。星烂走到这里，已经累了，就在池边小小歇息一会儿，我也跟着歇下了，正要启开酒盒，小酌一番，忽听到忆香的声音从树梢间飘来，道是：“三白快些来！这里有绝妙境界！”我抬头看树梢，没见着忆香的身影，于是和星烂一起循着声音一路寻觅。由东厢房，出了一个小门，折向北，看见石磴台阶，仿佛梯子，大约有数十级，在竹坞之中瞥见有一座楼。我们又沿着梯子上了这楼，只见楼上八窗敞开，匾额叫作“飞云阁”。四面群山环抱，横列犹如城池，只是缺了西南一角，远望只见一带水流浸着天边，风帆之影隐隐约约，就是太湖了。倚着窗俯视下头，只见风吹动竹林梢头，犹如麦浪翻滚。忆香问我们：“如何？”我道：“这里的确是绝妙境界啊。”

忽然又听到云客在楼西嚷道：“忆香快来！这里还有绝妙境界！”于是我们下楼去，折向西面，走了十余级台阶，忽地豁然开朗，见面前平坦如台，一派空旷。推想这地方，已经在殿后的峭壁上面了，残缺的砖瓦还在呢，想来应该也是昔日的殿基吧。巡望四周环抱的群山，比阁子里更觉得舒畅。忆香对着太湖长啸了一声，群山一起响应。

于是我们席地而坐，开了酒樽，忽然发愁肚子饿了。少年就想把锅巴煮了，代替茶点招待，我们就让他改茶点为煮粥，邀请他来一起吃。边吃着，边询问少年，为何这地方冷落到这般田地，少年答：“四面没有邻居，夜里倒多有盗贼匪徒，趁我们积粮的时候前来强窃，就算是种植了蔬菜瓜果，一半也被樵夫摘走了。这地方是崇宁寺的下院，厨房里也只是每月送饭干一石、盐菜一坛而已。我是彭姓族里的后裔，暂且在这里当看守，快要回家去了，不久之后，这里就真的没有人迹了。”云客就送了他一圆番银当作谢礼。我们返回到来鹤庵，买了船回去。我后来画了《无隐图》一幅，赠给竹逸和尚，算是纪念当日畅快的游玩。

那年冬天，我为朋友做债务的担保人，遭了牵累，全家失欢，只好寄居去锡山的华家。第二年春天，想要去扬州，可是盘费短缺，有故交韩春泉那时在上海幕府做事，我于是前往访求。那时节我衣服敝旧，鞋子都穿洞了，狼狈得很，都不好意思进衙署，就投了札，约韩春泉在郡庙园亭中相见。等韩春泉出来见了我，知道我穷愁苦寒，就借了我十两银子。

那园是西洋商人捐钱修筑而成的，极为宽阔宏大，只可惜点缀的景致，真是杂乱无章，后面所叠的假山怪石，也没有起伏照应。

回锡山的路上，忽然想起虞山的胜景，恰好有去虞山的船，我便搭乘上去。那时正当仲春时节，桃李争妍，可惜我在逆旅，没有伴侣。

怀揣着铜钱三百文，信步走到虞山书院，在墙外仰头看，见书院墙头，丛树交花，娇红稚绿，这书院又傍水依山，极有幽静趣味。可惜不能进门去看。问路时，遇到有人设了茶篷卖茶的，我就地喝了：茶是烹的碧螺春，喝了口味极好。我就问人："虞山这地方，哪里最是风景名胜处？"一个游客道："从此出去西关，靠近剑门，就是虞山最佳的所在。你如果要去，我愿意当向导。"我欣然跟着去了。

出了西门，循着山脚走，高高低低，走了数里地，渐渐看见山峰屹立，石头有横纹；到了地方，就看见一座山，中间分开，两边山壁凹凸不平，高数十仞；走近了山壁仰望，觉得其情势简直将要倾堕似的。

做向导那游人道："相传这山上有洞府，多有神仙景致，可惜没有路可以攀爬上去。"我发了兴致，就挽起袖子、卷了衣服，效法猿猴，攀山而上，一直爬到了山顶。所谓洞府的地方，只有一丈来深，洞顶有石缝，可以看见天。俯首往下看，吓得我腿软，几乎要摔下来，于是肚腹面着山壁，攀附着藤蔓，慢慢地爬了下来。做向导那人叹道："真有胆量啊！论游兴的豪迈，我还没见过有如您这样的人呢。"我爬山爬得口渴，想要喝酒，就邀请那人，到野店去沽酒，喝了三杯。太阳将要落山了，我还没能遍览游玩，就拾取了十几块赭石收在怀里，回到寓所，背了书箱，搭了夜航船，先到苏州，再返回锡山：这算是我愁苦生活期间，苦中作乐的一次游玩。

嘉庆九年春天，我痛遭父亲去世的家庭变故，正准备放弃家庭，远遁去做世外道士，朋友夏揖山挽留我住去他家。那年秋天八月，他邀请我一同去东海永泰沙，查收田租地息。永泰沙那地方，隶属崇明。

我们出了刘河口，航海百多里才到达。那地方因为是刚开辟不久，还没有街市。只见芦荻茫茫，绝少人烟，只有同业的丁氏建着仓库数十椽，仓库四面掘了沟河，筑了堤坝，又绕着堤坝，栽了柳树。

丁氏字宝初，家住在崇明，是永泰沙这里的头号大户人家；他家负责会计的，姓王。他们二位都是豪爽好客的人，不拘礼节，与我一见面，就如同故交一般：宰了猪来请我吃肉，倾了酒瓮请我喝酒。行酒令，他们只会划拳，全然不通诗文；唱歌则是扯着嗓子嚎，也不讲究音律。大家喝醉了酒，就指挥工人们舞拳相扑为乐。

丁家蓄养着百来头牯牛，都露宿在堤坝上。养了鹅，听鹅叫为号，以防备海盗。白天他们就赶着鹰犬，在芦丛沙渚之间打猎，所获的大多是飞禽。我也跟着出去射猎，疲倦了，就地便卧。

丁宝初也引着我到园田熟成的地方，见每一字号，都圈筑着高堤，以防潮汛。堤中通有水洞，用闸门控制开关，到旱天，则趁着涨潮时候，开闸门来灌溉，赶上雨天，则趁落潮时候，开闸泄水。

佃农都散处各地，仿佛星辰，但只要喊一嗓子，就云集起来，他们叫地主为“产主”，唯唯听命，性子都质朴诚实。如果遇到不公平的事，他们粗野横蛮，比狼虎还凶猛；如果处事公平，他们就坦率拜服。于是崇明这地方日夜风雨、度日处事，都质朴得像太古时节。卧在床上，往外看时，就看得见洪涛。枕边潮声，如同金鼓鸣动。有一夜，我忽然见数十里外有红灯，大小犹如笆斗，浮在海中；又见到红光照天，其势如同失火。丁宝初道：“这地方开始有神灯神火了，不久潮水又将涨出沙田啦。”

揖山兴致素来豪迈，到了这地方，愈加狂放。我更是肆无忌惮，骑在牛背上狂浪唱歌，在沙滩上醉酒作舞，都随着自己兴之所至，真是生平最无拘无束的一次游玩。事情办完之后，到了十月，我们才回苏州。

我们苏州虎丘的胜景，我独取后山的千顷云这一处，其次则是剑池。其他都是半借了人工经营，而且已经被脂粉所玷污，失却了山林的本来面目。即算是新修起的白公祠、塔影桥，不过留个风雅名字罢了。至于那个冶坊滨，我戏改那地方叫“野芳滨”，更加不过是庸脂俗粉，只是徒然描勒出其妖冶罢了。

在城中最著名的狮子林，虽然号称是倪瓒倪云林的手笔，而且石质玲珑精美，中间多有古木，然而以大势来看，竟如同乱堆煤渣，积上苔藓，用蚁穴穿插而成，全然没有山林的气势。以我管窥所见，不知究竟它妙在何处。

灵岩山是当年吴王夫差造来宠幸西施的馆娃宫故址，上面有西施洞、响屧廊、采香径等诸处形胜，可是其形势散漫，空旷没有收束，不像天平支硎那样别有幽趣。

邓尉山也叫作元墓，西面背着太湖，东面对着锦峰，红崖绿阁，望去犹如图画。居住在山上的人种梅花过活，花一开就是数十里，望去犹如积雪，所以叫“香雪海”。山的左边，有四棵老古柏树，名字分别叫“清、奇、古、怪”：“清”，是一株挺直的树，繁茂犹如翠绿伞盖；“奇”，是一株卧地三曲的树，形成一个“之”字；“古”，是一株秃顶扁阔的树，有一半都老朽了，看去仿佛手掌；“怪”，是一株体态如旋螺的树，枝干都旋转着。这四株树，相传都是汉朝以前的东西了。

嘉庆十年晚春时节，夏揖山父亲莼芗先生，带着他弟弟介石，领儿子侄子一共四人，往幞山的夏家祠堂去春祭，顺便为祖坟扫墓，招引我一起去。我们顺道先去了灵岩山，出了虎山桥，由费家河进了香雪海，去观赏梅花。幞山的祠堂就藏在香雪海中，当时梅花开得正盛，咳嗽呼吸都能闻见香味，我曾经以此行为据，为夏介石画了《幞山风木图》十二册。

那年九月，我跟着状元石琢堂，去赴四川重庆府的官职。我们溯长江逆流而上，船抵达了皖城。皖山山麓，有元末忠臣余公的墓，墓侧旁有堂三楹，名叫“大观亭”，面临着南湖，背倚着潜山。亭子在山脊上，在那里远眺，颇为畅快。再旁边有长廊，面北的窗大开。当时正值枫叶初红，灿烂犹如桃李。跟我同游的，是蒋寿朋和蔡子琴。

皖城南城外，又有王氏的园子。这地方东西长，南北短，原来因为北面紧背着城墙，南面则临着湖，限于地理条件，很难布置方位，看这园子的结构，是用了重台叠馆的法子。重台的意思，是说屋上作月台当作庭院，在庭院里叠石栽花，使游人在庭院里，不知道自己脚下有屋子。上头叠石，则下头坚实，上头是庭院，则下头比较空，所以花木还能得到下头的地气，好好生长。叠馆的意思，是楼上作轩，轩上再作平台。上下盘折，重叠了四层之多，而且有小池子，水不会漏泄出来，到最后也无法测明它哪里是虚，哪里是实。这建筑的立脚，都用砖石造成，承重的地方，就仿照西洋建筑的立柱法子。索性园子面对着南湖，观看出去，无所阻隔，可以放骋怀抱、尽心游览，乃胜过平地上的园林，真是人工之中的奇绝之作了。

武昌黄鹤楼在黄鹄矶上，楼后面横亘着黄鹄山，俗称为蛇山。黄鹤楼有三层，画栋飞檐，倚城屹立着，面临着汉江，与汉阳的晴川阁遥遥相对。我与琢堂冒雪登上黄鹤楼，俯视长空，只见雪如琼花飞舞，遥指着银山玉树，恍惚间，觉得自己身在瑶台仙境一般。

汉江之中，小艇来来往往，纵横掀动播折，仿佛浪卷残叶。对名利的热衷之心，到此不免就冷了。楼上墙壁间，题咏诗歌甚多，记不下来，只记得楹间有一副对联道："何时黄鹤重来，且共倒金樽，浇洲渚千年芳草；但见白云飞去，更谁吹玉笛，落江城五月梅花。"

黄州的赤壁，在府城的汉川门外，屹立于江滨，截然如墙壁。石头都是绛红色，所以名叫赤壁。《水经》里称这地方为赤鼻山。苏东坡游玩到此，作过两首《赤壁赋》，指认这地方乃是当年吴魏赤壁大战的地方，其实不然。壁下面水已经干了，成了陆地，上面有二赋亭，纪念《赤壁赋》的。

那年约摸十一月，我们抵达荆州。琢堂得了升任潼关观察的信，留我住在荆州。我因为未能得见蜀中山水，大为惆怅。琢堂入了川，而他的儿子敦夫、石家的眷属以及蔡子琴、席芝堂等，都留在了荆州，一同居住在刘氏的废园。

我记得那废园的匾额道是："紫藤红树山房"。庭园阶梯用石栏杆围着，庭院里凿了一亩大的方池子；池子中建了座亭子，有石桥通着；亭子后面，筑土垒石，杂树丛生；其余大多是空地，楼阁都已经倾塌颓倒了。

我客居在这里，也没什么事，偶尔吟诗，偶尔歌啸，偶尔出游，偶尔跟人聚谈。到了岁末时节，虽然盘缠已经跟不上了，可是上下人等，都还融融洽洽，典当了衣服去沽酒，还置办了锣鼓敲敲。每到晚上，大家必得饮酒，每次饮酒必然行令，行不出来的，就喝四两烧刀子，也必然喝个痛快。在荆州，我遇到了个同乡姓蔡的，蔡子琴与他叙了宗派谱系，知道是他的族子，于是请他做向导，带我们赏游附近名胜。

我们到了府学前的曲江楼，当初唐朝宰相张九龄当长史的时候，曾经在这楼上赋诗，大贤朱熹也有诗道："相思欲回首，但上曲江楼。"

城上又有雄楚楼，是五代时期高氏所建造的。这楼规模雄伟高峻，站在楼上，极目望去，可以望见数百里远近。绕着城傍着水，植满了垂杨，小船荡着桨往来，颇有诗情画意。

荆州府署，也就是关云长当年的帅府，仪门之内，有青石断马槽，相传即是当年关云长所骑赤兔马的食槽。我去城西小湖上访求晋时罗含的故宅，没找到；又去城北找楚国宋玉的故宅，也没找到。当年庾信曾经遭遇南朝侯景叛乱，遁隐民间，回到江陵，住在宋玉故宅，之后将住处改为酒家，如今就无法再找到了。

那年除夕，下了雪后，天气极为寒冷。新岁春节，大家都冷得不出门，于是没有拜客贺年的困扰，每天就是燃纸炮、放纸鸢、扎纸灯来取乐了。之后春风传来花开的讯息，雨水濯洗了春日尘土，开了春，琢堂的诸位姬妾带着他的女儿和小儿子，顺川流而下，石敦夫也重整了行装，跟大家一起走。我们由樊城登陆，直奔潼关。

我们由河南阌乡县向西走，出了函谷关，见一处有“紫气东来”四字，就是老子当年乘青牛出关所经过的地方。两山夹着道路，只能容两匹马并排行走。大约走出十里，就是潼关了：左边背着悬崖峭壁，右边临着黄河，函谷关就在山河之间，扼着咽喉要道拔地而起，重楼垒垛，极其雄峻。可是车马寂静，人烟也少。韩愈韩昌黎的诗说“日照潼关四扇开”，莫非就是说它的冷落么？

城中观察以下的职位，只有一个别驾。衙署紧靠着北城，后面有花圃园子，大概三亩见方。这园子里，东面西面，凿了两个池子，水就从西南墙外流入，东流到两池间，分支成三个方向：一道水往南到大厨房，以供大家日常厨用；一道东向流入东边的池子；一道向北再折向西，由石螭嘴里喷入西池，绕到西北角，有设了闸泄泻而出，再由城脚转北，穿过水门而出，直流入黄河。这几道水日夜环流，水声淙淙，真是让人耳朵都为之清爽。

竹树树荫浓绿，遮得绵密，仰头看不见天。西面的池子，中间有亭，藕花环绕亭子左右。东边则有三间书房面向南方，庭院里有葡萄架，下头设摆了方石头，可以在那里对弈，也可以坐着饮酒；除此以外，都是菊花畦了。西边则有三间轩屋面向东方，坐在轩里，可以聆听流水之声。轩南边有小门，可以通到内室。轩北面窗下，另外凿有小池，小池再北有座小庙，专门祭祀花神的。园正中，筑了一座三层楼，紧靠着北城墙，高度与城墙齐平，在楼上俯视城外，就是黄河了。黄河北边，山横列着犹如屏风，已属山西地界了。真是浩浩洋洋的大奇观啊！

我住在园子南，屋子仿佛一艘船；庭院里有土山，上头有小亭子，登上去，可以看见园中风景的大概。绿荫四面合绕，夏天没有暑气。琢堂为我给这斋起名叫“不系之舟”。这是我出游当幕僚以来，第一好的居室。土山之间，种有菊花数十种，可惜没来得及开花，而琢堂已经被调任到山左廉访了。他的家眷亲属都搬了，寓居到潼川书院，我也跟着往书院里去住了。

琢堂先行赴任，我与蔡子琴、席芝堂等闲着没事，就出去游玩。我们骑马到了华阴庙。过了华封里——就是尧帝时三祝的所在——望见庙里多是秦汉时节的槐树和柏树了，都有三四抱粗，还有槐树怀抱柏树、柏树抱着槐树杂生的。殿廷之上，古碑很多，里头有希夷先生陈抟写的“福”“寿”字。

华山脚下，有个玉泉院，就是希夷先生当年飞升的地方。有石洞如斗室，塑着陈抟先生的卧像，躺在石床上。那地方流水干净、细沙清明，草多呈绛红色，泉水流动甚为湍急，高修的竹子环绕。洞外有一个方亭，匾额上书“无忧亭”。亭旁有古树三株，纹理一如裂开的炭，叶子像是槐树，可是颜色更深些，不知什么名字，当地人就称其为“无忧树”。

华山之高，不知道有几千仞呢，可惜我没能携裹干粮去爬华山。归途之中，看见林子里柿子黄了，我就在马上摘了柿子吃，当地人呼止我，我不听，嚼了柿子，才发现涩得很，急忙吐了，下马寻觅泉水去漱口，这才说得出话来。当地人看了都大笑。原来柿子要摘下来，煮熟了，才能去掉其中涩味——我不知道啊。

那年十月初，琢堂从山东派专人来接他家眷亲属等，我们于是一起出了潼关，经河南进了山东。山东济南府城内，西边有大明湖，湖上有历下亭、水香亭等诸处形胜。夏天柳荫浓密，荷花香飘来，载着酒在湖上泛舟，看湖饮酒，极有趣味。我冬天去看时，只见到湖上衰柳寒烟，只是一派水茫茫而已。

趵突泉是济南七十二泉中的魁首，泉水分为三眼，从地底怒涌突起，其势一如沸腾。一般泉水都是从上往下流出，只有趵突泉从下而上，也算是一个奇特所在。池上有楼，供着吕洞宾的画像，游客大多在此品茶。

次年二月，我在莱阳就职。到了丁卯年秋天，琢堂入了翰林，我也跟着进了京城。所谓的登州海市蜃楼，我到最后也没能看上一看。

[ 译文完 ]

# 沈复三十年游历图

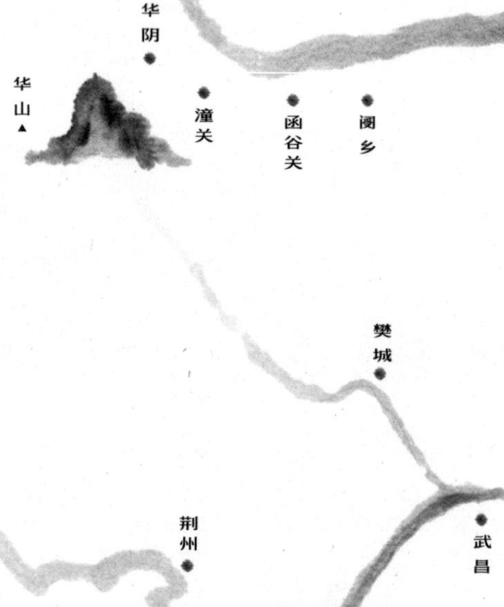

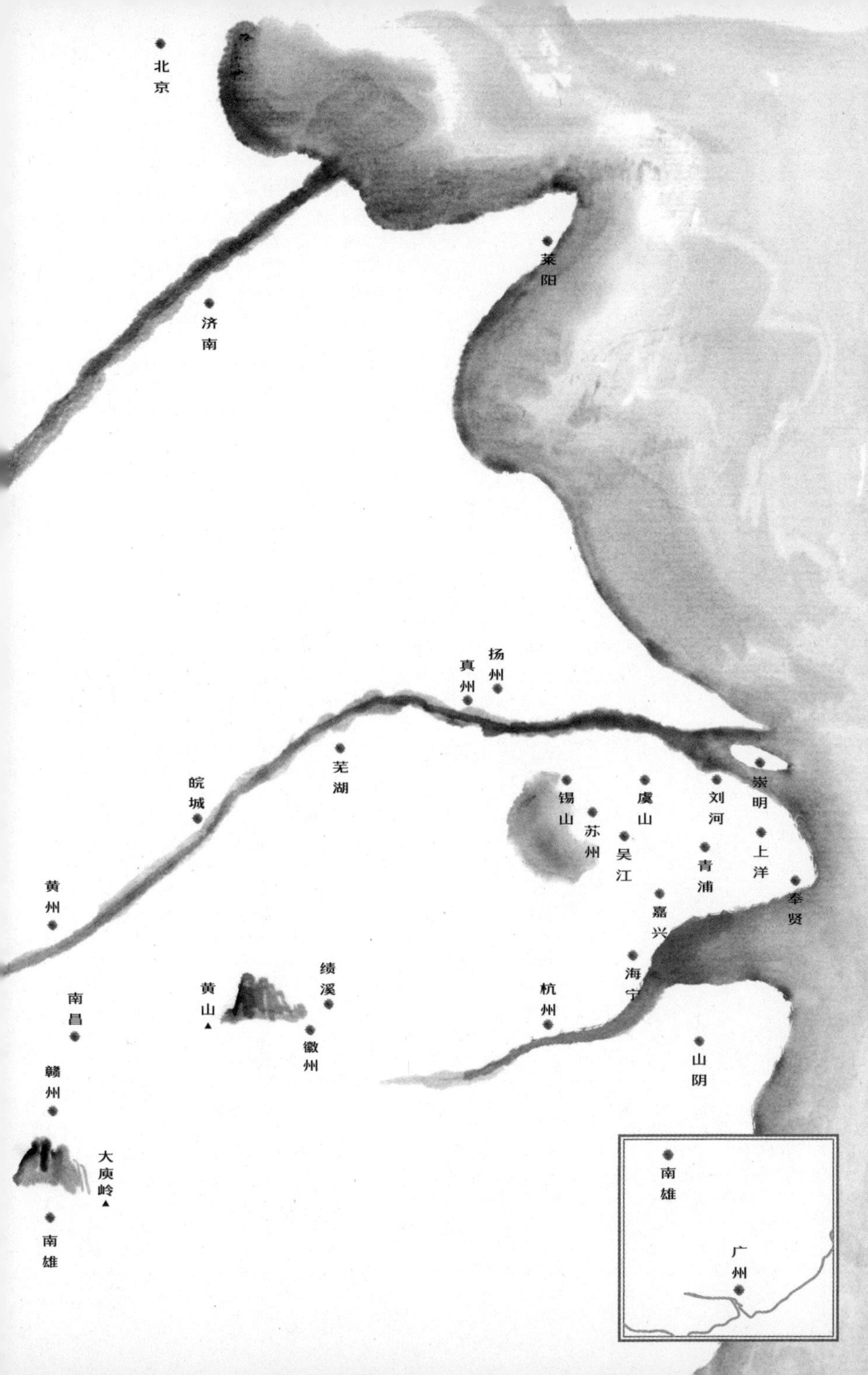
北京
莱阳
济南
扬州
真州
芜湖
崇明
皖城
锡山
虞山
刘河
苏州
吴江
上洋
青浦
奉贤
黄州
嘉兴
海宁
绩溪
南昌
黄山
杭州
徽州
山阴
赣州
大庾岭
南雄
南雄
广州

# 浮生六记

（原文）

［清］沈复 著

## 光绪三年初版 序

《浮生六记》一书，余于郡城冷摊得之，六记已缺其二，犹作者手稿也。就其所记推之，知为沈姓，号三白，而名则已逸，遍访城中无知者。其书则武林叶桐君刺史、潘麐生茂才、顾云樵山人、陶芑孙明经诸人，皆阅而心醉焉。弢园王君寄示阳湖管氏所题《浮生六记》六绝句，始知所亡《中山记历》盖曾到琉球也。书之佳处已详于麐生所题。近僧即麐生自号，并以“浮生若梦为欢几何”之小印，钤于简端。

光绪三年七月七日

独悟庵居士杨引传识

## 潘麐生题记

是编合冒巢民《影梅庵忆语》、方密之《物理小识》、李笠翁《一家言》、徐霞客《游记》诸书，参错贯通，如五侯鲭，如群芳谱，而绪不芜杂，指极幽馨。绮怀可以不删，感遇乌能自已，洵《离骚》之外篇，《云仙》之续记也。向来小说家标新领异，移步换形，后之作者几于无可著笔，得此又树一帜。惜乎卷帙不全，读者犹有遗憾；然其凄艳秀灵，怡神荡魄，感人固已深矣。

仆本恨人，字为秋士。对安仁之长簟，尘掩茵帱；依公瑕之故居，种寻药草（余居定光寺西，为前明周公瑕药草山房故址）。海天琐尾，尝酸味于芦中；山水邀头，骋豪情于花外。我之所历，间亦如君；君之所言，大都先我。惟是养生意懒，学道心违，亦自觉阙如者，又谁为补之欤？浮生若梦，印作珠摩（余藏旧犀角圆印一，镌“浮生若梦”二语）；记事之初，生同癸未（三白先生生于乾隆癸未，余生于道光癸未）。上下六十年，有乡先辈为我身作印证，抑又奇已。聊赋十章，岂惟三叹。

艳福清才两意谐，宾香阁上斗诗牌。深宵同啜桃花粥，刚识双鲜酱味佳。
琴边笑倚鬓双青，跌宕风流总性灵。商略山家栽种法，移春槛是活花屏。
分付名花次第开，胆瓶拳石伴金罍。笑他琐碎板桥记，但约张魁清早来。
曾经沧海难为水，除却巫山不是云。守此情天与终古，人间鸳牒只须焚。
衅起家庭剧可怜，幕巢飞燕影凄然。呼灯黑夜开门去，玉树枝头泣杜鹃。
梨花憔悴月无聊，梦逐三春尽此宵。重过玉钩斜畔路，不堪消瘦沈郎腰。
雪暗荒江夜渡危，天涯莽莽欲何之？写来满幅征人苦，犹未生逢兵乱时。
铁花岩畔春多丽，铜井山边雪亦香。从此拓开诗境界，湖山大好似吾乡。
眼底烟霞付笔端，忽耽冷趣忽浓欢。画船灯火层寮月，都作登州海市观。
便做神仙亦等闲，金丹苦炼几生悭。海山闻说风能引，也在虚无缥缈间。

同治甲戌初冬

香禅精舍近僧题

# 闺房记乐

刘樊仙侣世原稀，瞥眼风花又各飞。
赢得红闺传好句，秋深人瘦菊花肥。

——管贻葄

分题沈三白处士《浮生六记》[之一]

余生乾隆癸未冬十一月二十有二日。正值太平盛世，且在衣冠之家，居苏州沧浪亭畔，天之厚我可谓至矣。东坡云“事如春梦了无痕”，苟不记之笔墨，未免有辜彼苍之厚。

因思《关雎》冠三百篇之首，故列夫妇于首卷，余以次递及焉。所愧少年失学，稍识之无，不过记其实情实事而已，若必考订其文法，是责明于垢鉴矣。

余幼聘金沙于氏，八龄而夭。娶陈氏。陈名芸，字淑珍，舅氏心馀先生女也。生而颖慧，学语时，口授《琵琶行》，即能成诵。四龄失怙。母金氏，弟克昌。家徒壁立。芸既长，娴女红，三口仰其十指供给。克昌从师，脩脯无缺。一日，于书簏中得《琵琶行》，挨字而认，始识字。刺绣之暇，渐通吟咏，有“秋侵人影瘦，霜染菊花肥”之句。

余年十三，随母归宁，两小无嫌，得见所作，虽叹其才思隽秀，窃恐其福泽不深，然心注不能释，告母曰：“若为儿择妇，非淑姊不娶。”母亦爱其柔和，即脱金约指缔姻焉。

此乾隆乙未七月十六日也。

是年冬，值其堂姊出阁，余又随母往。芸与余同齿而长余十月，自幼姊弟相呼，故仍呼之曰淑姊。时但见满室鲜衣，芸独通体素淡，仅新其鞋而已。见其绣制精巧，询为己作，始知其慧心不仅在笔墨也。

其形削肩长项，瘦不露骨，眉弯目秀，顾盼神飞，唯两齿微露，似非佳相。一种缠绵之态，令人之意也消。

索观诗稿，有仅一联，或三四句，多未成篇者。询其故，笑曰：“无师之作，愿得知己堪师者敲成之耳。”余戏题其签曰“锦囊佳句”，不知夭寿之机，此已伏矣。

是夜，送亲城外，返已漏三下，腹饥索饵，婢妪以枣脯进，余嫌其甜。芸暗牵余袖，随至其室，见藏有暖粥并小菜焉，余欣然举箸。忽闻芸堂兄玉衡呼曰：“淑妹速来！”芸急闭门曰：“已疲乏，将卧矣。”玉衡挤身而入，见余将吃粥，乃笑睨芸曰：“顷我索粥，汝曰‘尽矣’，乃藏此专待汝婿耶？”芸大窘避去，上下哗笑之。余亦负气，挈老仆先归。

自吃粥被嘲，再往，芸即避匿，余知其恐贻人笑也。

至乾隆庚子正月二十二日花烛之夕，见瘦怯身材依然如昔，头巾既揭，相视嫣然。

合卺后，并肩夜膳，余暗于案下握其腕，暖尖滑腻，胸中不觉怦怦作跳。让之食，适逢斋期，已数年矣。暗计吃斋之初，正余出痘之期，因笑谓曰：“今我光鲜无恙，姊可从此开戒否？”芸笑之以目，点之以首。

廿四日为余姊于归，廿三国忌不能作乐，故廿二之夜即为余姊款嫁。芸出堂陪宴。余在洞房与伴娘对酌，拇战辄北，大醉而卧。醒则芸正晓妆未竟也。

是日，亲朋络绎，上灯后始作乐。

廿四子正，余作新舅送嫁，丑末归来，业已灯残人静。悄然入室，伴妪盹于床下，芸卸妆尚未卧，高烧银烛，低垂粉颈，不知观何书而出神若此。因抚其肩曰：“姊连日辛苦，何犹孜孜不倦耶？”芸忙回首起立曰：“顷正欲卧，开橱得此书，不觉阅之忘倦。《西厢》之名闻之熟矣，今始得见，真不愧才子之名，但未免形容尖薄耳。”余笑曰：“唯其才子，笔墨方能尖薄。”

伴妪在旁促卧，令其闭门先去。遂与比肩调笑，恍同密友重逢。戏探其怀，亦怦怦作跳，因俯其耳曰：“姊何心春乃尔耶？”芸回眸微笑。便觉一缕情丝摇人魂魄，拥之入帐，不知东方之既白。

芸作新妇，初甚缄默，终日无怒容，与之言，微笑而已。事上以敬，处下以和，井井然未尝稍失。每见朝暾上窗，即披衣急起，如有人呼促者然。余笑曰："今非吃粥比矣，何尚畏人嘲耶？"芸曰："曩之藏粥待君，传为话柄，今非畏嘲，恐堂上道新娘懒惰耳。"余虽恋其卧而德其正，因亦随之早起。自此，耳鬓相磨，亲同形影，爱恋之情有不可以言语形容者。

而欢娱易过，转睫弥月。时吾父稼夫公在会稽幕府，专役相迓，受业于武林赵省斋先生门下。先生循循善诱，余今日之尚能握管，先生力也。归来完姻时，原订随侍到馆。闻信之余，心甚怅然，恐芸之对人堕泪。而芸反强颜劝勉，代整行装，是晚但觉神色稍异而已。临行，向余小语曰："无人调护，自去经心！"

及登舟解缆，正当桃李争妍之候，而余则恍同林鸟失群，天地异色。

到馆后，吾父即渡江东去。居三月，如十年之隔。芸虽时有书来，必两问一答，半多勉励词，余皆浮套语，心殊怏怏。每当风生竹院，月上蕉窗，对景怀人，梦魂颠倒。

先生知其情，即致书吾父，出十题而遣余暂归。喜同戍人得赦。登舟后，反觉一刻如年。

及抵家，吾母处问安毕，入房，芸起相迎，握手未通片语，而两人魂魄恍恍然化烟成雾，觉耳中惺然一响，不知更有此身矣。

时当六月，内室炎蒸，幸居沧浪亭爱莲居西间壁。板桥内一轩临流，名曰“我取”，取“清斯濯缨，浊斯濯足”意也。檐前老树一株，浓阴覆窗，人面俱绿。隔岸游人往来不绝。此吾父稼夫公垂帘宴客处也。

禀命吾母，携芸消夏于此。因暑罢绣，终日伴余课书论古、品月评花而已。芸不善饮，强之可三杯，教以射覆为令。自以为人间之乐，无过于此矣。

一日，芸问曰：“各种古文，宗何为是？”

余曰：“《国策》《南华》取其灵快，匡衡、刘向取其雅健，史迁、班固取其博大，昌黎取其浑，柳州取其峭，庐陵取其宕，三苏取其辩，他若贾、董策对，庾、徐骈体，陆贽奏议，取资者不能尽举，在人之慧心领会耳。”

芸曰：“古文全在识高气雄，女子学之恐难入彀，唯诗之一道，妾稍有领悟耳。”

余曰：“唐以诗取士，而诗之宗匠必推李、杜。卿爱宗何人？”

芸发议曰：“杜诗锤炼精纯，李诗潇洒落拓。与其学杜之森严，不如学李之活泼。”

余曰：“工部为诗家之大成，学者多宗之，卿独取李，何也？”

芸曰："格律谨严，词旨老当，诚杜所独擅。但李诗宛如姑射仙子，有一种落花流水之趣，令人可爱。非杜亚于李，不过妾之私心宗杜心浅，爱李心深。"

余笑曰："初不料陈淑珍乃李青莲知己。"

芸笑曰："妾尚有启蒙师白乐天先生，时感于怀，未尝稍释。"

余曰："何谓也？"

芸曰："彼非作《琵琶行》者耶？"

余笑曰："异哉！李太白是知己，白乐天是启蒙师，余适字三白，为卿婿，卿与'白'字何其有缘耶？"

芸笑曰："白字有缘，将来恐白字连篇耳（吴音呼别字为白字）。"

相与大笑。

余曰："卿既知诗，亦当知赋之弃取。"

芸曰："《楚辞》为赋之祖，妾学浅费解。就汉、晋人中，调高语炼，似觉相如为最。"

余戏曰："当日文君之从长卿，或不在琴而在此乎？"复相与大笑而罢。

余性爽直，落拓不羁；芸若腐儒，迂拘多礼。偶为披衣整袖，必连声道"得罪"；或递巾授扇，必起身来接。余始厌之，曰：“卿欲以礼缚我耶？语曰：‘礼多必诈。’”芸两颊发赤，曰：“恭而有礼，何反言诈？”余曰：“恭敬在心，不在虚文。”芸曰：“至亲莫如父母，可内敬在心而外肆狂放耶？”余曰：“前言戏之耳。”芸曰：“世间反目多由戏起，后勿冤妾，令人郁死。”余乃挽之入怀，抚慰之，始解颜为笑。

自此，“岂敢”“得罪”竟成语助词矣。

鸿案相庄廿有三年，年愈久而情愈密。家庭之内，或暗室相逢、窄途邂逅，必握手问曰：“何处去？”私心忒忒，如恐旁人见之者，实则同行并坐，初犹避人，久则不以为意。芸或与人坐谈，见余至，必起立偏挪其身，余就而并焉。彼此皆不觉其所以然者，始以为惭，继成不期然而然。独怪老年夫妇相视如仇者，不知何意？或曰：“非如是，焉得白头偕老哉？”斯言诚然欤？

是年七夕，芸设香烛瓜果，同拜天孙于我取轩中。余镌“愿生生世世为夫妇”图章二方，余执朱文，芸执白文，以为往来书信之用。

是夜，月色颇佳，俯视河中，波光如练。轻罗小扇，并坐水窗，仰见飞云过天，变态万状。芸曰：“宇宙之大，同此一月，不知今日世间，亦有如我两人之情兴否？”余曰：“纳凉玩月，到处有之。若品论云霞，或求之幽闺绣闼，慧心默证者固亦不少。若夫妇同观，所品论者恐不在此云霞耳。”未几，烛烬月沉，撤果归卧。

七月望，俗谓之鬼节，芸备小酌，拟邀月畅饮。夜忽阴云如晦，芸愀然曰："妾能与君白头偕老，月轮当出。"余亦索然。但见隔岸萤光明灭万点，梳织于柳堤蓼渚间。余与芸联句以遣闷怀，而两韵之后，逾联逾纵，想入非夷，随口乱道。芸已漱涎涕泪，笑倒余怀，不能成声矣。觉其鬓边茉莉浓香扑鼻，因拍其背，以他词解之曰："想古人以茉莉形色如珠，故供助妆压鬓。不知此花必沾油头粉面之气，其香更可爱，所供佛手当退三舍矣。"芸乃止笑曰："佛手乃香中君子，只在有意无意间。茉莉是香中小人，故须借人之势，其香也如胁肩谄笑。"余曰："卿何远君子而近小人？"芸曰："我笑君子爱小人耳。"

正话间，漏已三滴。渐见风扫云开，一轮涌出，乃大喜。倚窗对酌，酒未三杯，忽闻桥下哄然一声，如有人堕。就窗细瞩，波明如镜，不见一物，惟闻河滩有只鸭急奔声。余知沧浪亭畔素有溺鬼，恐芸胆怯，未敢即言。芸曰："噫！此声也，胡为乎来哉？"不禁毛骨皆栗。急闭窗，携酒归房。一灯如豆，罗帐低垂，弓影杯蛇，惊神未定。剔灯入帐，芸已寒热大作。余亦继之，困顿两旬。真所谓乐极灾生，亦是白头不终之兆。

中秋日，余病初愈。以芸半年新妇，未尝一至间壁之沧浪亭，先令老仆约守者勿放闲人，于将晚时，偕芸及余幼妹，一妪一婢扶焉，老仆前导，过石桥，进门折东，曲径而入。叠石成山，林木葱翠。亭在土山之巅，循级至亭心，周望极目可数里，炊烟四起，晚霞烂然。

隔岸名“近山林”，为大宪行台宴集之地，时正谊书院犹未启也。携一毯设亭中，席地环坐，守者烹茶以进。少焉，一轮明月已上林梢，渐觉风生袖底，月到波心，俗虑尘怀，爽然顿释。芸曰：“今日之游乐矣！若驾一叶扁舟，往来亭下，不更快哉！”时已上灯，忆及七月十五夜之惊，相扶下亭而归。吴俗，妇女是晚不拘大家小户皆出，结队而游，名曰“走月亮”。沧浪亭幽雅清旷，反无一人至者。

吾父稼夫公喜认义子，以故余异姓弟兄有二十六人。吾母亦有义女九人，九人中王二姑、俞六姑与芸最和好。王痴憨善饮，俞豪爽善谈。每集，必逐余居外，而得三女同榻。此俞六姑一人计也。余笑曰：“俟妹于归后，我当邀妹丈来，一住必十日。”俞曰：“我亦来此，与嫂同榻，不大妙耶？”芸与王微笑而已。

时为吾弟启堂娶妇，迁居饮马桥之仓米巷，屋虽宏畅，非复沧浪亭之幽雅矣。

吾母诞辰演剧，芸初以为奇观。吾父素无忌讳，点演《惨别》等剧。老伶刻画，见者情动。余窥帘见芸忽起去，良久不出。入内探之，俞与王亦继至。见芸一人支颐独坐镜奁之侧，余曰："何不快乃尔？"芸曰："观剧原以陶情，今日之戏徒令人肠断耳。"俞与王皆笑之。余曰："此深于情者也。"俞曰："嫂将竟日独坐于此耶？"芸曰："俟有可观者再往耳。"王闻言先出，请吾母点《刺梁》《后索》等剧，劝芸出观，始称快。

余堂伯父素存公早亡，无后，吾父以余嗣焉。墓在西跨塘福寿山祖茔之侧，每年春日，必挈芸拜扫。王二姑闻其地有戈园之胜，请同往。

芸见地下小乱石有苔纹，斑驳可观，指示余曰："以此叠盆山，较宣州白石为古致。"余曰："若此者恐难多得。"王曰："嫂果爱此，我为拾之。"即向守坟者借麻袋一，鹤步而拾之。每得一块，余曰"善"，即收之；余曰"否"，即去之。未几，粉汗盈盈，拽袋返曰："再拾则力不胜矣。"芸且拣且言曰："我闻山果收获，必借猴力，果然。"王愤撮十指作哈痒状，余横阻之，责芸曰："人劳汝逸，犹作此语，无怪妹之动愤也。"归途游戈园，稚绿娇红，争妍竞媚。王素憨，逢花必折，芸叱曰："既无瓶养，又不簪戴，多折何为？"王曰："不知痛痒者，何害？"余笑曰："将来罚嫁麻面多须郎，为花泄忿。"王怒余以目，掷花于地，以莲钩拨入池中，曰："何欺侮我之甚也！"芸笑解之而罢。

芸初缄默，喜听余议论。余调其言，如蟋蟀之用纤草，渐能发议。其每日饭必用茶泡，喜食芥卤乳腐，吴俗呼为臭乳腐，又喜食虾卤瓜。此二物余生平所最恶者，因戏之曰：“狗无胃而食粪，以其不知臭秽；蜣螂团粪而化蝉，以其欲修高举也。卿其狗耶？蝉耶？”芸曰：“腐取其价廉而可粥可饭，幼时食惯。今至君家已如蜣螂化蝉，犹喜食之者，不忘本也。至卤瓜之味，到此初尝耳。”余曰：“然则我家系狗窦耶？”芸窘而强解曰：“夫粪，人家皆有之，要在食与不食之别耳。然君喜食蒜，妾亦强啖之。腐不敢强，瓜可掩鼻略尝，入咽当知其美，此犹无盐，貌丑而德美也。”余笑曰：“卿陷我作狗耶？”芸曰：“妾作狗久矣，屈君试尝之。”以箸强塞余口。余掩鼻咀嚼之，似觉脆美，开鼻再嚼，竟成异味，从此亦喜食。芸以麻油加白糖少许拌卤腐，亦鲜美；以卤瓜捣烂拌卤腐，名之曰双鲜酱，有异味。余曰：“始恶而终好之，理之不可解也。”芸曰：“情之所钟，虽丑不嫌。”

余启堂弟妇，王虚舟先生孙女也，催妆时偶缺珠花，芸出其纳采所受者呈吾母。婢妪旁惜之，芸曰：“凡为妇人，已属纯阴，珠乃纯阴之精，用为首饰，阳气全克矣，何贵焉？”而于破书残画反极珍惜。书之残缺不全者，必搜集分门，汇订成帙，统名之曰“继简残编”；字画之破损者，必觅故纸粘补成幅，有破缺处，倩予全好而卷之，名曰“弃余集赏”。于女红、中馈之暇，终日琐琐，不惮烦倦。芸于破笥烂卷中，偶获片纸可观者，如得异宝。旧邻冯妪每收乱卷卖之。

其癖好与余同，且能察眼意、懂眉语，一举一动，示之以色，无不头头是道。余尝曰：“惜卿雌而伏，苟能化女为男，相与访名山，搜胜迹，遨游天下，不亦快哉！”芸曰：“此何难？俟妾鬓斑之后，虽不能远游五岳，而近地之虎阜、灵岩，南至西湖，北至平山，尽可偕游。”余曰：“恐卿鬓斑之日，步履已艰。”芸曰：“今世不能，期以来世。”余曰：“来世卿当作男，我为女子相从。”芸曰：“必得不昧今生，方觉有情趣。”余笑曰：“幼时一粥，犹谈不了，若来世不昧今生，合卺之夕，细谈隔世，更无合眼时矣。”芸曰：“世传月下老人专司人间婚姻事，今生夫妇已承牵合，来世姻缘亦须仰借神力，盍绘一像祀之？”

时有苕溪戚柳堤，名遵，善写人物。倩绘一像：一手挽红丝，一手携杖悬姻缘簿，童颜鹤发，奔驰于非烟非雾中。此戚君得意笔也。友人石琢堂为题赞语于首，悬之内室，每逢朔望，余夫妇必焚香拜祷。后因家庭多故，此画竟失所在，不知落在谁家矣。“他生未卜此生休”，两人痴情，果邀神鉴耶？

迁仓米巷，余颜其卧楼曰“宾香阁”，盖以芸名而取如宾意也。院窄墙高，一无可取。后有厢楼，通藏书处，开窗对陆氏废园，但有荒凉之象。沧浪风景，时切芸怀。

有老妪居金母桥之东、埂巷之北。绕屋皆菜圃，编篱为门，门外有池约亩许，花光树影，错杂篱边。其地即元末张士诚王府废基也。屋西数武，瓦砾堆成土山，登其巅可远眺，地旷人稀，颇饶野趣。妪偶言及，芸神往不置，谓余曰："自别沧浪，梦魂常绕，今不得已而思其次，其老妪之居乎？"余曰："连朝秋暑灼人，正思得一清凉地以消长昼，卿若愿往，我先观其家，可居，即襆被而往，作一月盘桓，何如？"芸曰："恐堂上不许。"余曰："我自请之。"

越日至其地，屋仅二间，前后隔而为四。纸窗竹榻，颇有幽趣。老妪知余意，欣然出其卧室为赁。四壁糊以白纸，顿觉改观。于是禀知吾母，挈芸居焉。

邻仅老夫妇二人，灌园为业。知余夫妇避暑于此，先来通殷勤，并钓池鱼、摘园蔬为馈。偿其价，不受，芸作鞋报之，始谢而受。时方七月，绿树阴浓，水面风来，蝉鸣聒耳。邻老又为制鱼竿，与芸垂钓于柳阴深处。日落时，登土山观晚霞夕照，随意联吟，有"兽云吞落日，弓月弹流星"之句。少焉，月印池中，虫声四起，设竹榻于篱下，老妪报酒温饭熟，遂就月光对酌，微醺而饭。浴罢则凉鞋蕉扇，或坐或卧，听邻老谈因果报应事。三鼓归卧，周体清凉，几不知身居城市矣。篱边倩邻老购菊，遍植之。九月花开，又与芸居十日。吾母亦欣然来观，持螯对菊，赏玩竟日。芸喜曰："他年当与君卜筑于此，买绕屋菜园十亩，课仆妪，植瓜蔬，以供薪水。君画我绣，以为诗酒之需。布衣菜饭，可乐终身，不必作远游计也。"余深然之。

今即得有境地，而知己沦亡，可胜浩叹！

离余家半里许，醋库巷有洞庭君祠，俗呼水仙庙。回廊曲折，小有园亭。每逢神诞，众姓各认一落，密悬一式之玻璃灯，中设宝座，旁列瓶几，插花陈设，以较胜负。日惟演戏，夜则参差高下，插烛于瓶花间，名曰"花照"。花光灯影，宝鼎香浮，若龙宫夜宴。司事者或笙箫歌唱，或煮茗清谈，观者如蚁集，檐下皆设栏为限。余为众友邀去插花布置，因得躬逢其盛。

归家向芸艳称之，芸曰："惜妾非男子，不能往。"余曰："冠我冠，衣我衣，亦化女为男之法也。"于是易髻为辫，添扫蛾眉，加余冠，微露两鬓，尚可掩饰，服余衣，长一寸又半，于腰间折而缝之，外加马褂。芸曰："脚下将奈何？"余曰："坊间有蝴蝶履，小大由之，购亦极易，且早晚可代撒鞋之用，不亦善乎？"芸欣然。

及晚餐后，装束既毕，效男子拱手阔步者良久，忽变卦曰："妾不去矣，为人识出既不便，堂上闻之又不可。"余怂恿曰："庙中司事者谁不知我，即识出亦不过付之一笑耳。吾母现在九妹丈家，密去密来，焉得知之？”芸揽镜自照，狂笑不已。余强挽之，悄然径去。

遍游庙中，无识出为女子者。或问何人，以表弟对，拱手而已。最后至一处，有少妇幼女坐于所设宝座后，乃杨姓司事者之眷属也。芸忽趋彼通款曲，身一侧，而不觉一按少妇之肩。旁有婢媪怒而起曰：“何物狂生，不法乃尔！”余欲为措词掩饰，芸见势恶，即脱帽翘足示之曰：“我亦女子耳。”相与愕然，转怒为欢，留茶点，唤肩舆送归。

吴江钱师竹病故，吾父信归，命余往吊。芸私谓余曰：“吴江必经太湖，妾欲偕往，一宽眼界。”余曰：“正虑独行踽踽，得卿同行固妙，但无可托词耳。”芸曰：“托言归宁。君先登舟，妾当继至。”余曰：“若然，归途当泊舟万年桥下，与卿待月乘凉，以续沧浪韵事。”时六月十八日也。

是日早凉，携一仆先至胥江渡口，登舟而待，芸果肩舆至。解维出虎啸桥，渐见风帆沙鸟，水天一色。芸曰：“此即所谓太湖耶？今得见天地之宽，不虚此生矣！想闺中人有终身不能见此者！”闲话未几，风摇岸柳，已抵江城。

余登岸拜奠毕，归视舟中洞然，急询舟子。舟子指曰：“不见长桥柳阴下，观鱼鹰捕鱼者乎？”盖芸已与船家女登岸矣。余至其后，芸犹粉汗盈盈，倚女而出神焉。余拍其肩曰：“罗衫汗透矣！”芸回首曰：“恐钱家有人到舟，故暂避之。君何回来之速也？”余笑曰：“欲捕逃耳。”于是相挽登舟，返棹至万年桥下，阳乌犹未落也。舟窗尽落，清风徐来，纨扇罗衫，剖瓜解暑。

少焉，霞映桥红，烟笼柳暗，银蟾欲上，渔火满江矣。命仆至船梢与舟子同饮。船家女名素云，与余有杯酒交，人颇不俗，招之与芸同坐。船头不张灯火，待月快酌，射覆为令。素云双目闪闪，听良久，曰：“觞政侬颇娴习，从未闻有斯令，愿受教。”芸即譬其言而开导之，终茫然。余笑曰：“女先生且罢论，我有一言作譬，即了然矣。”芸曰：“君若何譬之？”余曰：“鹤善舞而不能耕，牛善耕而不能舞，物性然也，先生欲反而教之，无乃劳乎？”素云笑捶余肩曰：“汝骂我耶！”芸出令曰：“只许动口，不许动手。违者罚大觥。”素云量豪，满斟一觥，一吸而尽。余曰：“动手但准摸索，不准捶人。”芸笑挽素云置余怀，曰：“请君摸索畅怀。”余笑曰：“卿非解人，摸索在有意无意间耳，拥而狂探，田舍郎之所为也。”时四鬟所簪茉莉，为酒气所蒸，杂以粉汗油香，芳馨透鼻。余戏曰：“小人臭味充满船头，令人作恶。”素云不禁握拳连捶曰：“谁教汝狂嗅耶？”芸呼曰：“违令，罚两大觥！”素云曰：“彼又以小人骂我，不应捶耶？”芸曰：“彼之所谓小人，盖有故也。请干此，当告汝。”素云乃连尽两觥，芸乃告以沧浪旧居乘凉事。素云曰："若然，真错怪矣，当再罚。"又干一觥。芸曰："久闻素娘善歌，可一聆妙音否？"素即以象箸击小碟而歌。芸欣然畅饮，不觉酩酊，乃乘舆先归。余又与素云茶话片刻，步月而回。

时余寄居友人鲁半舫家萧爽楼中，越数日，鲁夫人误有所闻，私告芸曰："前日闻若婿挟两妓饮于万年桥舟中，子知之否？"芸曰："有之，其一即我也。"因以偕游始末详告之，鲁大笑，释然而去。

乾隆甲寅七月，余自粤东归。有同伴携妾回者，曰徐秀峰，余之表妹婿也，艳称新人之美，邀芸往观。芸他日谓秀峰曰："美则美矣，韵犹未也。"秀峰曰："然则若郎纳妾，必美而韵者乎？"芸曰："然。"从此痴心物色，而短于资。

时有浙妓温冷香者，寓于吴，有咏柳絮四律，沸传吴下，好事者多和之。余友吴江张闲憨素赏冷香，携柳絮诗索和。芸微其人而置之，余技痒而和其韵，中有"触我春愁偏婉转，撩他离绪更缠绵"之句，芸甚击节。

明年乙卯秋八月五日，吾母将挈芸游虎丘，闲憨忽至曰："余亦有虎丘之游，今日特邀君作探花使者。"因请吾母先行，期于虎丘半塘相晤。拉余至冷香寓，见冷香已半老，有女名憨园，瓜期未破，亭亭玉立，真"一泓秋水照人寒"者也。款接间，颇知文墨。有妹文园，尚雏。余此时初无痴想，且念一杯之叙，非寒士所能酬，而既入个中，私心忐忑，强为酬答。因私谓闲憨曰："余贫士也，子以尤物玩我乎？"闲憨笑曰："非也，今日有友人邀憨园答我，席主为尊客拉去，我代客转邀客，毋烦他虑也。"余始释然。

至半塘，两舟相遇，令憨园过舟叩见吾母。芸、憨相见，欢同旧识，携手登山，备览名胜。芸独爱千顷云高旷，坐赏良久。返至野芳滨，畅饮甚欢，并舟而泊。及解维，芸谓余曰："子陪张君，留憨陪妾可乎？"余诺之。返棹至都中桥，始过船分袂。归家已三鼓，芸曰："今日得见美而韵者矣。顷已约憨园，明日过我，当为子图之。"余骇曰："此非金屋不能贮，穷措大岂敢生此妄想哉？况我两人伉俪正笃，何必外求？"芸笑曰："我自爱之，子姑待之。"

明午，憨果至。芸殷勤款接，筵中以猜枚（赢吟输饮）为令，终席无一罗致语。及憨园归，芸曰："顷又与密约，十八日来此结为姊妹，子宜备牲牢以待。"笑指臂上翡翠钏曰："若见此钏属于憨，事必谐矣。顷已吐意，未深结其心也。"余姑听之。

十八日大雨，憨竟冒雨至。入室良久，始挽手出，见余有羞色，盖翡翠钏已在憨臂矣。焚香结盟后，拟再续前饮，适憨有石湖之游，即别去。芸欣然告余曰："丽人已得，君何以谢媒耶？"余询其详，芸曰："向之秘言，恐憨意另有所属也，顷探之无他，语之曰：‘妹知今日之意否？’憨曰：‘蒙夫人抬举，真蓬蒿倚玉树也，但吾母望我奢，恐难自主耳，愿彼此缓图之。’脱钏上臂时，又语之曰：‘玉取其坚，且有团圞不断之意，妹试笼之以为先兆。’憨曰：‘聚合之权总在夫人也。’即此观之，憨心已得，所难必者冷香耳，当再图之。”余笑曰：“卿将效笠翁之《怜香伴》耶？”芸曰：“然。”自此无日不谈憨园矣。

后，憨为有力者夺去，不果。芸竟以之死。

# 闲情记趣

烟霞花月费平章，转觉闲来事事忙。
不以红尘易清福，未妨泉石竟膏肓。

——管贻葄

分题沈三白处士《浮生六记》[之二]

余忆童稚时，能张目对日，明察秋毫。见藐小微物，必细察其纹理，故时有物外之趣。

夏蚊成雷，私拟作群鹤舞空。心之所向，则或千或百，果然鹤也；昂首观之，项为之强。又留蚊于素帐中，徐喷以烟，使其冲烟飞鸣，作青云白鹤观，果如鹤唳云端，怡然称快。

于土墙凹凸处，花台小草丛杂处，常蹲其身，使与台齐，定神细视：以丛草为林，以虫蚁为兽，以土砾凸者为丘，凹者为壑，神游其中，怡然自得。

一日，见二虫斗草间，观之正浓。忽有庞然大物，拔山倒树而来，盖一癞虾蟆也，舌一吐而二虫尽为所吞。余年幼，方出神，不觉呀然惊恐。神定，捉虾蟆，鞭数十，驱之别院。年长思之，二虫之斗，盖图奸不从也，古语云“奸近杀”，虫亦然耶？贪此生涯，卵为蚯蚓所哈（吴俗称阳曰卵），肿不能便，捉鸭开口哈之，婢妪偶释手，鸭颠其颈作吞噬状，惊而大哭，传为语柄。此皆幼时闲情也。

及长，爱花成癖，喜剪盆树。识张兰坡，始精剪枝养节之法，继悟接花叠石之法。

花以兰为最，取其幽香韵致也，而瓣品之稍堪入谱者不可多得。兰坡临终时，赠余荷瓣素心春兰一盆，皆肩平心阔，茎细瓣净，可以入谱者。余珍如拱璧。

值余幕游于外，芸能亲为灌溉，花叶颇茂。不二年，一旦忽萎死。起根视之，皆白如玉，且兰芽勃然。初不可解，以为无福消受，浩叹而已。事后始悉有人欲分不允，故用滚汤灌杀也。从此誓不植兰。

次取杜鹃，虽无香而色可久玩，且易剪裁。以芸惜枝怜叶，不忍畅剪，故难成树。其他盆玩皆然。

惟每年篱东菊绽，秋兴成癖。喜摘插瓶，不爱盆玩。非盆玩不足观，以家无园圃，不能自植；货于市者，俱丛杂无致，故不取耳。

其插花朵，数宜单，不宜双；每瓶取一种，不取二色；瓶口取阔大，不取窄小，阔大者舒展，不拘自五七花至三四十花，必于瓶口中一丛怒起，以不散漫、不挤轧、不靠瓶口为妙，所谓“起把宜紧”也。或亭亭玉立，或飞舞横斜。

花取参差，间以花蕊，以免飞钹耍盘之病。叶取不乱，梗取不强，用针宜藏——针长宁断之，毋令针针露梗，所谓“瓶口宜清”也。

视桌之大小，一桌三瓶至七瓶而止；多则眉目不分，即同市井之菊屏矣。

几之高低，自三四寸至二尺五六寸而止，必须参差高下互相照应，以气势联络为上。若中高两低，后高前低，成排对列，又犯俗所谓“锦灰堆”矣。或密或疏，或进或出，全在会心者得画意乃可。

若盆碗盘洗，用漂青、松香、榆皮、面和油，先熬以稻灰，收成胶。以铜片按钉向上，将膏火化，粘铜片于盘碗盆洗中。

俟冷，将花用铁丝扎把，插于钉上，宜斜偏取势，不可居中；更宜枝疏叶清，不可拥挤；然后加水，用碗沙少许掩铜片，使观者疑丛花生于碗底方妙。

若以木本花果插瓶，剪裁之法（不能色色自觅，倩人攀折者每不合意），必先执在手中，横斜以观其势，反侧以取其态。相定之后，剪去杂枝，以疏瘦古怪为佳。再思其梗如何入瓶，或折或曲，插入瓶口，方免背叶侧花之患。

若一枝到手，先拘定其梗之直者插瓶中，势必枝乱梗强，花侧叶背，既难取态，更无韵致矣。

折梗打曲之法：锯其梗之半而嵌以砖石，则直者曲矣。如患梗倒，敲一二钉以管之。即枫叶竹枝，乱草荆棘，均堪入选。或绿竹一竿配以枸杞数粒，几茎细草伴以荆棘两枝，苟位置得宜，另有世外之趣。若新栽花木，不妨歪斜取势，听其叶侧，一年后枝叶自能向上。如树树直栽，即难取势矣。

至剪裁盆树，先取根露鸡爪者，左右剪成三节，然后起枝。一枝一节，七枝到顶，或九枝到顶。枝忌对节如肩臂，节忌臃肿如鹤膝。须盘旋出枝，不可光留左右，以避赤胸露背之病。又不可前后直出——有名“双起”“三起”者，一根而起两三树也，如根无爪形，便成插树，故不取。

然一树剪成，至少得三四十年。余生平仅见吾乡万翁名彩章者，一生剪成数树。又在扬州商家见有虞山游客携送黄杨、翠柏各一盆，惜乎明珠暗投，余未见其可也。若留枝盘如宝塔，扎枝曲如蚯蚓者，便成匠气矣。

点缀盆中花石，小景可以入画，大景可以入神。一瓯清茗，神能趋入其中，方可供幽斋之玩。种水仙无灵璧石，余尝以炭之有石意者代之。黄芽菜心，其白如玉，取大小五七枝，用沙土植长方盆内，以炭代石，黑白分明，颇有意思。以此类推，幽趣无穷，难以枚举。如石菖蒲结子，用冷米汤同嚼喷炭上，置阴湿地，能长细菖蒲，随意移养盆碗中，茸茸可爱。以老莲子磨薄两头，入蛋壳使鸡翼之，俟雏成取出，用久年燕巢泥加天门冬十分之二，捣烂拌匀，植于小器中，灌以河水，晒以朝阳，花发大如酒杯，叶缩如碗口，亭亭可爱。

若夫园亭楼阁，套室回廊，叠石成山，栽花取势，又在大中见小，小中见大，虚中有实，实中有虚，或藏或露，或浅或深。不仅在“周”“回”“曲”“折”四字，又不在地广石多，徒烦工费。或掘地堆土成山，间以块石，杂以花草，篱用梅编，墙以藤引，则无山而成山矣。大中见小者，散漫处植易长之竹，编易茂之梅以屏之。小中见大者，窄院之墙宜凹凸其形，饰以绿色，引以藤蔓。嵌大石，凿字作碑记形，推窗如临石壁，便觉峻峭无穷。虚中有实者，或山穷水尽处，一折而豁然开朗；或轩阁设厨处，一开而可通别院。实中有虚者，开门于不通之院，映以竹石，如有实无也；设矮栏干墙头，如上有月台而实虚也。

贫士屋少人多，当仿吾乡太平船后梢之位置，再加转移。其间，台级为床，前后借凑，可作三榻，间以板而裱以纸，则前后上下皆越绝，譬之如行长路，即不觉其窄矣。余夫妇乔寓扬州时，曾仿此法，屋仅两椽，上下卧室、厨灶、客座皆越绝而绰然有余。芸曾笑曰：“位置虽精，终非富贵家气象也。”是诚然欤。

余扫墓山中，检有峦纹可观之石，归与芸商曰：“用油灰叠宣州石于白石盆，取色匀也。本山黄石虽古朴，亦用油灰，则黄白相间，凿痕毕露，将奈何？”芸曰：“择石之顽劣者，捣末于灰痕处，乘湿糁之，干或色同也。”乃如其言，用宜兴窑长方盆叠起一峰，偏于左而凸于右，背作横方纹，如云林石法，巉岩凹凸，若临江石矶状。虚一角，用河泥种千瓣白萍。石上植茑萝，俗呼云松。经营数日乃成。

至深秋，茑萝蔓延满山，如藤萝之悬石壁，花开正红色；白萍亦透水大放，红白相间，神游其中，如登蓬岛。置之檐下与芸品题：此处宜设水阁，此处宜立茅亭，此处宜凿六字曰“落花流水之间”，此可以居，此可以钓，此可以眺。胸中丘壑，若将移居者然。一夕，猫奴争食，自檐而堕，连盆与架顷刻碎之。余叹曰：“即此小经营，尚干造物忌耶！”两人不禁泪落。

静室焚香，闲中雅趣。芸尝以沉速等香，于饭镬蒸透，在炉上设一铜丝架，离火半寸许，徐徐烘之，其香幽韵而无烟。佛手忌醉鼻嗅，嗅则易烂；木瓜忌出汗，汗出，用水洗之；惟香圆无忌。佛手、木瓜亦有供法，不能笔宣。每有人将供妥者随手取嗅，随手置之，即不知供法者也。

余闲居，案头瓶花不绝。芸曰：“子之插花能备风、晴、雨、露，可谓精妙入神；而画中有草虫一法，盍仿而效之。”余曰：“虫踯躅不受制，焉能仿效？”芸曰：“有一法，恐作俑罪过耳。”余曰：“试言之。”芸曰：“虫死色不变，觅螳螂、蝉、蝶之属，以针刺死，用细丝扣虫项系花草间，整其足，或抱梗，或踏叶，宛然如生，不亦善乎？”余喜，如其法行之，见者无不称绝。求之闺中，今恐未必有此会心者矣。

余与芸寄居锡山华氏，时华夫人以两女从芸识字。乡居院旷，夏日逼人。芸教其家作活花屏法，甚妙。每屏一扇，用木梢二枝，约长四五寸，作矮条凳式，虚其中，横四挡，宽一尺许，四角凿圆眼，插竹编方眼。屏约高六七尺，用砂盆种扁豆置屏中，盘延屏上，两人可移动。多编数屏，随意遮拦，恍如绿阴满窗，透风蔽日，纡回曲折，随时可更，故曰“活花屏”。有此一法，即一切藤本香草，随地可用。此真乡居之良法也。

友人鲁半舫，名璋，字春山，善写松柏及梅菊，工隶书，兼工铁笔。余寄居其家之萧爽楼，一年有半。楼共五椽，东向，余居其三，晦明风雨，可以远眺。庭中木犀一株，清香撩人。有廊有厢，地极幽静。移居时，有一仆一妪，并挈其小女来。仆能成衣，妪能纺绩，于是芸绣，妪绩，仆则成衣，以供薪水。余素爱客，小酌必行令。芸善不费之烹庖，瓜蔬鱼虾，一经芸手，便有意外味。同人知余贫，每出杖头钱，作竟日叙。余又好洁，地无纤尘，且无拘束，不嫌放纵。时有杨补凡，名昌绪，善人物写真；袁少迂，名沛，工山水；王星烂，名岩，工花卉翎毛——

爱萧爽楼幽雅，皆携画具来，余则从之学画。写草篆，镌图章，加以润笔，交芸备茶酒供客，终日品诗论画而已。更有夏淡安、揖山两昆季，并缪山音、知白两昆季，及蒋韵香、陆橘香、周啸霞、郭小愚、华杏帆、张闲憨诸君子，如梁上之燕，自去自来。芸则拔钗沽酒，不动声色，良辰美景，不放轻过。今则天各一方，风流云散，兼之玉碎香埋，不堪回首矣！

萧爽楼有四忌：谈官宦升迁、公廨时事、八股时文、看牌掷色。有犯必罚酒五斤。有四取：慷慨豪爽、风流蕴藉、落拓不羁、澄静缄默。长夏无事，考对为会。每会八人，每人各携青蚨二百。先拈阄，得第一者为主考，关防别座，第二者为誊录，亦就座，余作举子，各于誊录处取纸一条，盖用印章。主考出五、七言各一句，刻香为限，行立构思，不准交头私语，对就后投入一匣，方许就座。各人交卷毕，誊录启匣，并录一册，转呈主考，以杜徇私。十二对中取七言三联，五言三联。六联中取第一者，即为后任主考，第二者为誊录，每人有两联不取者，罚钱二十文，取一联者，免罚十文，过限者倍罚。一场，主考得香钱百文；一日可十场，积钱千文，酒资大畅矣。惟芸议为官卷，准坐而构思。

杨补凡为余夫妇写载花小影，神情确肖。是夜月色颇佳，兰影上粉墙，别有幽致，星烂醉后兴发曰："补凡能为君写真，我能为花图影。"余笑曰："花影能如人影否？"星烂取素纸铺于墙，即就兰影，用墨浓淡图之。日间取视，虽不成画，而花叶萧疏，自有月下之趣。芸甚宝之，各有题咏。

苏城有南园、北园二处，菜花黄时，苦无酒家小饮。携榼而往，对花冷饮，殊无意味。或议就近觅饮者，或议看花归饮者，终不如对花热饮为快。众议未定。芸笑曰："明日但各出杖头钱，我自担炉火来。"众笑曰："诺。"众去，余问曰："卿果自往乎？"芸曰："非也，妾见市中卖馄饨者，其担锅灶无不备，盍雇之而往？妾先烹调端整，到彼处再一下锅，茶酒两便。"余曰："酒菜固便矣，茶乏烹具。"芸曰："携一砂罐去，以铁叉串罐柄，去其锅，悬于行灶中，加柴火煎茶，不亦便乎？"余鼓掌称善。街头有鲍姓者，卖馄饨为业，以百钱雇其担，约以明日午后，鲍欣然允议。明日看花者至，余告以故，众咸叹服。

饭后同往，并带席垫，至南园，择柳阴下团坐。先烹茗，饮毕，然后暖酒烹肴。是时风和日丽，遍地黄金，青衫红袖，越阡度陌，蝶蜂乱飞，令人不饮自醉。既而酒肴俱熟，坐地大嚼。担者颇不俗，拉与同饮。游人见之，莫不羡为奇想。杯盘狼藉，各已陶然，或坐或卧，或歌或啸。红日将颓，余思粥，担者即为买米煮之，果腹而归。芸曰："今日之游乐乎？"众曰："非夫人之力不及此。"大笑而散。

贫士起居服食，以及器皿房舍，宜省俭而雅洁，省俭之法曰“就事论事”。余爱小饮，不喜多菜。芸为置一梅花盒，用二寸白磁深碟六只，中置一只，外置五只，用灰漆就，其形如梅花，底盖均起凹楞，盖之上有柄如花蒂。置之案头，如一朵墨梅覆桌；启盖视之，如菜装于花瓣中，一盒六色，二三知己可以随意取食，食完再添。另做矮边圆盘一只，以便放杯、箸、酒壶之类，随处可摆，移掇亦便。即食物省俭之一端也。余之小帽、领、袜，皆芸自做。衣之破者，移东补西，必整必洁，色取暗淡，以免垢迹，既可出客，又可家常。此又服饰省俭之一端也。

初至萧爽楼中，嫌其暗，以白纸糊壁，遂亮。夏月楼下去窗，无阑干，觉空洞无遮拦。芸曰：“有旧竹帘在，何不以帘代栏？”余曰：“如何？”芸曰：“用竹数根，黝黑色，一竖一横，留出走路，截半帘搭在横竹上，垂至地，高与桌齐。中竖短竹四根，用麻线扎定，然后于横竹搭帘处，寻旧黑布条，连横竹裹缝之。既可遮拦饰观，又不费钱。”此“就事论事”之一法也。以此推之，古人所谓竹头木屑皆有用，良有以也。夏月荷花初开时，晚含而晓放，芸用小纱囊撮茶叶少许，置花心，明早取出，烹天泉水泡之，香韵尤绝。

# 坎坷记愁

坎坷中年百不宜，无多骨肉更离披。
伤心替下穷途泪，想见空江夜雪时。

——管贻葄

分题沈三白处士《浮生六记》[之三]

人生坎坷何为乎来哉？往往皆自作孽耳。

余则非也。多情重诺，爽直不羁，转因之为累。况吾父稼夫公慷慨豪侠，急人之难、成人之事、嫁人之女、抚人之儿，指不胜屈，挥金如土，多为他人。余夫妇居家，偶有需用，不免典质。始则移东补西，继则左支右绌。谚云："处家人情，非钱不行。"先起小人之议，渐招同室之讥。"女子无才便是德"，真千古至言也！余虽居长而行三，故上下呼芸为"三娘"。后忽呼为"三太太"，始而戏呼，继成习惯，甚至尊卑长幼，皆以"三太太"呼之，此家庭之变机欤？

乾隆乙巳，随侍吾父于海宁官舍。芸于吾家书中附寄小函。吾父曰："媳妇既能笔墨，汝母家信付彼司之。"后家庭偶有闲言，吾母疑其述事不当，仍不令代笔。吾父见信非芸手笔，询余曰："汝妇病耶？"余即作札问之，亦不答。久之，吾父怒曰："想汝妇不屑代笔耳！"迨余归，探知委曲，欲为婉剖，芸急止之曰："宁受责于翁，勿失欢于姑也。"竟不自白。

庚戌之春，予又随侍吾父于邗江幕中。有同事俞孚亭者挈眷居焉。吾父谓孚亭曰："一生辛苦，常在客中，欲觅一起居服役之人而不可得。儿辈果能仰体亲意，当于家乡觅一人来，庶语音相合。"孚亭转述于余，密札致芸，倩媒物色，得姚氏女。芸以成否未定，未即禀知吾母。其来也，托言邻女为嬉游者，及吾父命余接取至署，芸又听旁人意见，托言吾父素所合意者。吾母见之曰："此邻女之嬉游者也，何娶之乎？"芸遂并失爱于姑矣。

壬子春，余馆真州。吾父病于邗江，余往省，亦病焉。余弟启堂时亦随侍。芸来书曰："启堂弟曾向邻妇借贷，倩芸作保，现追索甚急。"余询启堂，启堂转以嫂氏为多事，余遂批纸尾曰："父子皆病，无钱可偿，俟启弟归时，自行打算可也。"未几，病皆愈，余仍往真州。芸覆书来，吾父拆视之，中述启弟邻项事，且云："令堂以老人之病皆由姚姬而起，翁病稍痊，宜密嘱姚托言思家，妾当令其家父母到扬接取。实彼此卸责之计也。"吾父见书怒甚，询启堂以邻项事，答言不知，遂札饬余曰："汝妇背夫借债，谗谤小叔，且称姑曰令堂，翁曰老人，悖谬之甚！我已专人持札回苏斥逐，汝若稍有人心，亦当知过！”余接此札，如闻青天霹雳，即肃书认罪，觅骑遄归，恐芸之短见也。到家述其本末，而家人乃持逐书至，历斥多过，言甚决绝。芸泣曰：“妾固不合妄言，但阿翁当恕妇女无知耳。”越数日，吾父又有手谕至，曰：“我不为已甚，汝携妇别居，勿使我见，免我生气足矣。”乃寄芸于外家，而芸以母亡弟出，不愿往依族中。幸友人鲁半舫闻而怜之，招余夫妇往居其家萧爽楼。

越两载，吾父渐知始末。适余自岭南归，吾父自至萧爽楼，谓芸曰：“前事我已尽知，汝盍归乎？”余夫妇欣然，仍归故宅，骨肉重圆。岂料又有憨园之孽障耶！

芸素有血疾，以其弟克昌出亡不返，母金氏复念子病没，悲伤过甚所致；自识憨园，年余未发，余方幸其得良药。而憨为有力者夺去，以千金作聘，且许养其母。佳人已属沙吒利矣！余知之而未敢言也，及芸往探始知之，归而呜咽，谓余曰：“初不料憨之薄情乃尔也！”余曰：“卿自情痴耳，此中人何情之有哉！况锦衣玉食者，未必能安于荆钗布裙也，与其后悔，莫若无成。”因抚慰之再三。而芸终以受愚为恨，血疾大发，床席支离，刀圭无效。时发时止，骨瘦形销。不数年而逋负日增，物议日起。老亲又以盟妓一端，憎恶日甚。余则调停中立，已非生人之境矣。

芸生一女名青君，时年十四，颇知书，且极贤能，质钗典服，幸赖辛劳。子名逢森，时年十二，从师读书。余连年无馆，设一书画铺于家门之内，三日所进，不敷一日所出，焦劳困苦，竭蹶时形。隆冬无裘，挺身而过，青君亦衣单股栗，犹强曰“不寒”。因是芸誓不医药。偶能起床，适余有友人周春煦，自福郡王幕中归，倩人绣《心经》一部。芸念绣经可以消灾降福，且利其绣价之丰，竟绣焉。而春煦行色匆匆，不能久待，十日告成。弱者骤劳，致增腰酸头晕之疾。岂知命薄者，佛亦不能发慈悲也！

绣经之后，芸病转增，唤水索汤，上下厌之。有西人赁屋于余画铺之左，放利债为业，时倩余作画，因识之。友人某向渠借五十金，乞余作保，余以情有难却，允焉。而某竟挟资远遁，西人惟保是问，时来饶舌，初以笔墨为抵，渐至无物可偿。岁底吾父家居，西人索债，咆哮于门。吾父闻之，召余诃责曰：“我辈衣冠之家，何得负此小人之债！”正剖诉间，适芸有自幼同盟姊适锡山华氏，知其病，遣人问讯。堂上误以为憨园之使，因愈怒曰：“汝妇不守闺训，结盟娼妓；汝亦不思习上，滥伍小人。若置汝死地，情有不忍。姑宽三日限，速自为计，迟必首汝逆矣！”

芸闻而泣曰：“亲怒如此，皆我罪孽。妾死君行，君必不忍；妾留君去，君必不舍。姑密唤华家人来，我强起问之。”

因令青君扶至房外，呼华使问曰："汝主母特遣来耶？抑便道来耶？"曰："主母久闻夫人卧病，本欲亲来探望，因从未登门，不敢造次，临行嘱咐，倘夫人不嫌乡居简亵，不妨到乡调养，践幼时灯下之言。"盖芸与同绣日，曾有疾病相扶之誓也。因嘱之曰："烦汝速归，禀知主母，于两日后放舟密来。"

其人既退，谓余曰："华家盟姊情逾骨肉，君若肯至其家，不妨同行，但儿女携之同往既不便，留之累亲又不可，必于两日内安顿之。"时余有表兄王荩臣一子名韫石，愿得青君为媳妇。芸曰："闻王郎懦弱无能，不过守成之子，而王又无成可守。幸诗礼之家，且又独子，许之可也。"余谓荩臣曰："吾父与君有渭阳之谊，欲媳青君，谅无不允。但待长而嫁，势所不能。余夫妇往锡山后，君即禀知堂上，先为童媳，何如？"荩臣喜曰："谨如命。"逢森亦托友人夏揖山转荐学贸易。

安顿已定，华舟适至。时庚申之腊廿五日也。芸曰："孑然出门，不惟招邻里笑，且西人之项无着，恐亦不放，必于明日五鼓悄然而去。"余曰："卿病中能冒晓寒耶？"芸曰："死生有命，无多虑也。"密禀吾父，亦以为然。是夜先将半肩行李挑下船，令逢森先卧。青君泣于母侧，芸嘱曰："汝母命苦，兼亦情痴，故遭此颠沛，幸汝父待我厚，此去可无他虑。两三年内，必当布置重圆。汝至汝家须尽妇道，勿似汝母。汝之翁姑以得汝为幸，必善视汝。所留箱笼什物，尽付汝带去。汝弟年幼，故未令知，临行时托言就医，数日即归，俟我去远，告知其故，禀闻祖父可也。”旁有旧妪（即前卷中曾赁其家消暑者）愿送至乡，故是时陪侍在侧，拭泪不已。将交五鼓，暖粥共啜之。芸强颜笑曰：“昔一粥而聚，今一粥而散，若作传奇，可名《吃粥记》矣。”逢森闻声亦起，呻曰：“母何为？”芸曰：“将出门就医耳。”逢森曰：“起何早？”曰：“路远耳。汝与姊相安在家，毋讨祖母嫌。我与汝父同往，数日即归。”鸡声三唱，芸含泪扶妪，启后门将出，逢森忽大哭，曰：“噫，我母不归矣！”青君恐惊人，急掩其口而慰之。当是时，余两人寸肠已断，不能复作一语，但止以“勿哭”而已。青君闭门后，芸出巷十数步，已疲不能行，使妪提灯，余背负之而行。将至舟次，几为逻者所执，幸老妪认芸为病女，余为婿，且得舟子（皆华氏工人）闻声接应，相扶下船。解维后，芸始放声痛哭。是行也，其母子已成永诀矣！

华名大成，居无锡之东高山，面山而居，躬耕为业，人极朴诚。其妻夏氏，即芸之盟姊也。是日午未之交，始抵其家。华夫人已倚门而待，率两小女至舟，相见甚欢。扶芸登岸，款待殷勤。四邻妇人孺子哄然入室，将芸环视，有相问讯者，有相怜惜者，交头接耳，满屋啾啾。芸谓华夫人曰：“今日真如渔父入桃源矣。”华曰：“妹莫笑，乡人少所见多所怪耳。”自此相安度岁。

至元宵，仅隔两旬而芸渐能起步。是夜观龙灯于打麦场中，神情态度渐可复元。余乃心安，与之私议曰："我居此非计。欲他适，而短于资，奈何？"芸曰："妾亦筹之矣。君姊丈范惠来，现于靖江盐公堂司会计，十年前曾借君十金，适数不敷，妾典钗凑之。君忆之耶？"余曰："忘之矣。"芸曰："闻靖江去此不远，君盍一往？"余如其言。

时天颇暖，织绒袍、哔叽短褂，犹觉其热。此辛酉正月十六日也。是夜宿锡山客旅，赁被而卧。晨起趁江阴航船，一路逆风，继以微雨。夜至江阴江口，春寒彻骨，沽酒御寒，囊为之罄。踌躇终夜，拟卸衬衣质钱而渡。十九日，北风更烈，雪势犹浓，不禁惨然泪落。暗计房资渡费，不敢再饮。正心寒股栗间，忽见一老翁，草鞋毡笠负黄包，入店，以目视余，似相识者。余曰："翁非泰州曹姓耶？"答曰："然。我非公，死填沟壑矣！今小女无恙，时诵公德。不意今日相逢！何逗留于此？"盖余幕泰州时，有曹姓，本微贱，一女有姿色，已许婿家，有势力者放债谋其女，致涉讼。余从中调护，仍归所许。曹即投入公门为隶，叩首作谢，故识之。余告以投亲遇雪之由。曹曰："明日天晴，我当顺途相送。"出钱沽酒，备极款洽。二十日，晓钟初动，即闻江口唤渡声，余惊起，呼曹同济。曹曰："勿急，宜饱食登舟。”乃代偿房饭钱，拉余出沽。余以连日逗留，急欲赶渡，食不下咽，强啖麻饼两枚。及登舟，江风如箭，四肢发战。曹曰：“闻江阴有人缢于靖，其妻雇是舟而往，必俟雇者来始渡耳。”枵腹忍寒，午始解缆。至靖，暮烟四合矣。曹曰：“靖有公堂两处，所访者城内耶？城外耶？”余踉跄随其后，且行且对曰：“实不知其内外也。”曹曰：“然则且止宿，明日往访耳。”进旅店，鞋袜已为泥淤湿透，索火烘之，草草饮食，疲极酣睡。晨起，袜烧其半，曹又代偿房饭钱。访至城中，惠来尚未起，闻余至，披衣出，见余状惊曰：“舅何狼狈至此？”余曰：“姑勿问，有银乞借二金，先遣送我者。”惠来以番饼二圆授余，即以赠曹。曹力却，受一圆而去。余乃历述所遭，并言来意。惠来曰：“郎舅至戚，即无宿逋，亦应竭尽绵力，无如航海盐船新被盗，正当盘账之时，不能挪移丰赠，当勉措番银二十圆，以偿旧欠，何如？”余本无奢望，遂诺之。

留住两日，天已晴暖，即作归计。廿五日，乃回华宅。芸曰：“君遇雪乎？”余告以所苦。因惨然曰：“雪时，妾以君为抵靖，乃尚逗留江口。幸遇曹老，绝处逢生，亦可谓吉人天相矣。”越数日，得青君信，知逢森已为揖山荐引入店，荩臣请命于吾父，择正月二十四日将伊接去。儿女之事粗能了了，但分离至此，令人终觉惨伤耳。

二月初，日暖风和，以靖江之项薄备行装，访故人胡肯堂于邗江盐署，有贡局众司事公延入局，代司笔墨，身心稍定。至明年壬戌八月，接芸书曰："病体全瘳，惟寄食于非亲非友之家，终觉非久长之策，愿亦来邗，一睹平山之胜。"余乃赁屋于邗江先春门外，临河两椽，自至华氏接芸同行。华夫人赠一小奚奴曰阿双，帮司炊爨，并订他年结邻之约。

时已十月，平山凄冷，期以春游。满望散心调摄，徐图骨肉重圆。不满月，而贡局司事忽裁十有五人，余系友中之友，遂亦散闲。芸始犹百计代余筹划，强颜慰藉，未尝稍涉怨尤。至癸亥仲春，血疾大发。余欲再至靖江作"将伯"之呼，芸曰："求亲不如求友。"余曰："此言虽是，奈友虽关切，现皆闲处，自顾不遑。"芸曰："幸天时已暖，前途可无阻雪之虑，愿君速去速回，勿以病人为念。君或体有不安，妾罪更重矣。"时已薪水不继，余佯为雇骡以安其心，实则囊饼徒步，且食且行。向东南，两渡叉河，约八九十里，四望无村落。至更许，但见黄沙漠漠，明星闪闪，得一土地祠，高约五尺许，环以短墙，植以双柏，因向神叩首，祝曰："苏州沈某投亲失路至此，欲假神祠一宿，幸神怜佑！"于是移小石香炉于旁，以身探之，仅容半体。以风帽反戴掩面，坐半身于中，出膝于外，闭目静听，微风萧萧而已。足疲神倦，昏然睡去。及醒，东方已白，短墙外忽有步语声，急出探视，盖土人赶集经此也。问以途，曰："南行十里即泰兴县城，穿城向东南，十里一土墩，过八墩即靖江，皆康庄也。”余乃反身，移炉于原位，叩首作谢而行。过泰兴，即有小车可附。申刻抵靖。投刺焉。良久，司阍者曰：“范爷因公往常州去矣。”察其辞色，似有推托，余诘之曰：“何日可归？”曰：“不知也。”余曰：“虽一年亦将待之。”阍者会余意，私问曰：“公与范爷嫡郎舅耶？”余曰：“苟非嫡者，不待其归矣。”阍者曰：“公姑待之。”越三日，乃以回靖告，共挪二十五金。

雇骡急返，芸正形容惨变，咻咻涕泣。见余归，卒然曰：“君知昨午阿双卷逃乎？倩人大索，今犹不得。失物小事，人系伊母临行再三交托，今若逃归，中有大江之阻，已觉堪虞，倘其父母匿子图诈，将奈之何？且有何颜见我盟姊？”余曰：“请勿急，卿虑过深矣。匿子图诈，诈其富有也。我夫妇两肩担一口耳，况携来半载，授衣分食，从未稍加扑责，邻里咸知。此实小奴丧良，乘危窃逃。华家盟姊赠以匪人，彼无颜见卿，卿何反谓无颜见彼耶？今当一面呈县立案，以杜后患可也。”芸闻余言，意似稍释。然自此梦中呓语，时呼“阿双逃矣”，或呼“憨何负我”，病势日以增矣。

余欲延医诊治，芸阻曰：“妾病始因弟亡母丧，悲痛过甚，继为情感，后由忿激，而平素又多过虑，满望努力做一好媳妇而不能得，以至头眩、怔忡诸症毕备，所谓病入膏肓，良医束手，请勿为无益之费。忆妾唱随二十三年，蒙君错爱，百凡体恤，不以顽劣见弃，知己如君，得婿如此，妾已此生无憾！若布衣暖，菜饭饱，一室雍雍，优游泉石，如沧浪亭、萧爽楼之处境，真成烟火神仙矣。神仙几世才能修到，我辈何人，敢望神仙耶？强而求之，致干造物之忌，即有情魔之扰。总因君太多情，妾生薄命耳！”因又呜咽而言曰：“人生百年，终归一死。今中道相离，忽焉长别，不能终奉箕帚、目睹逢森娶妇，此心实觉耿耿。”言已，泪落如豆。余勉强慰之曰：“卿病八年，恹恹欲绝者屡矣，今何忽作断肠语耶？”芸曰：“连日梦我父母放舟来接，闭目即飘然上下，如行云雾中，殆魂离而躯壳存乎？”余曰：“此神不收舍，服以补剂，静心调养，自能安痊。”芸又唏嘘曰：“妾若稍有生机一线，断不敢惊君听闻。今冥路已近，苟再不言，言无日矣。君之不得亲心，流离颠沛，皆由妾故，妾死则亲心自可挽回，君亦可免牵挂。堂上春秋高矣，妾死，君宜早归。如无力携妾骸骨归，不妨暂厝于此，待君将来可耳。愿君另续德容兼备者，以奉双亲，抚我遗子，妾亦瞑目矣。”言至此，痛肠欲裂，不觉惨然大恸。余曰：“卿果中道相舍，断无再续之理，况‘曾经沧海难为水，除却巫山不是云’耳。”芸乃执余手而更欲有言，仅断续叠言“来世”二字，忽发喘口噤，两目瞪视，千呼万唤已不能言。痛泪两行，涔涔流溢。既而喘渐微，泪渐干，一灵缥缈，竟尔长逝！时嘉庆癸亥三月三十日也。当是时，孤灯一盏，举目无亲，两手空拳，寸心欲碎。绵绵此恨，曷其有极！

承吾友胡省堂以十金为助，余尽室中所有，变卖一空，亲为成殓。呜呼！芸一女流，具男子之襟怀才识。归吾门后，余日奔走衣食，中馈缺乏，芸能纤悉不介意。及余家居，惟以文字相辩析而已。卒之疾病颠连，赍恨以没，谁致之耶？余有负闺中良友，又何可胜道哉！奉劝世间夫妇，固不可彼此相仇，亦不可过于情笃。语云："恩爱夫妻不到头。"如余者，可作前车之鉴也。

回煞之期，俗传是日魂必随煞而归，故房中铺设一如生前，且须铺生前旧衣于床上，置旧鞋于床下，以待魂归瞻顾，吴下相传谓之"收眼光"。延羽士作法，先召于床而后遣之，谓之"接眚"。邗江俗例，设酒肴于死者之室，一家尽出，谓之"避眚"。以故有因避被窃者。芸娘眚期，房东因同居而出避，邻家嘱余亦设肴远避。余冀魂归一见，姑漫应之。同乡张禹门谏余曰："因邪入邪，宜信其有，勿尝试也。"余曰："所以不避而待之者，正信其有也。"张曰："回煞犯煞，不利生人。夫人即或魂归，业已阴阳有间，窃恐欲见者无形可接，应避者反犯其锋耳。”时余痴心不昧，强对曰：“死生有命。君果关切，伴我何如？”张曰：“我当于门外守之，君有异见，一呼即入可也。”余乃张灯入室，见铺设宛然而音容已杳，不禁心伤泪涌。又恐泪眼模糊失所欲见，忍泪睁目，坐床而待。抚其所遗旧服，香泽犹存，不觉柔肠寸断，冥然昏去。转念待魂而来，何遽睡耶？开目四视，见席上双烛青焰荧荧，缩光如豆，毛骨悚然，通体寒栗。因摩两手擦额，细瞩之，双焰渐起，高至尺许，纸裱顶格几被所焚。余正得借光四顾间，光忽又缩如前。此时心舂股栗，欲呼守者进观，而转念柔魂弱魄，恐为盛阳所逼，悄呼芸名而祝之，满室寂然，一无所见。既而烛焰复明，不复腾起矣。出告禹门，服余胆壮，不知余实一时情痴耳。

芸没后，忆和靖“妻梅子鹤”语，自号梅逸。权葬芸于扬州西门外之金桂山，俗呼郝家宝塔。买一棺之地，从遗言寄于此。携木主还乡，吾母亦为悲悼，青君、逢森归来，痛哭成服。启堂进言曰：“严君怒犹未息，兄宜仍往扬州，俟严君归里，婉言劝解，再当专札相招。”余遂拜母别子女，痛哭一场，复至扬州，卖画度日。因得常哭于芸娘之墓，影单形只，备极凄凉，且偶经故居，伤心惨目。重阳日，邻冢皆黄，芸墓独青，守坟者曰：“此好穴场，故地气旺也。”余暗祝曰：“秋风已紧，身尚衣单，卿若有灵，佑我图得一馆，度此残年，以待家乡信息。”未几，江都幕客章驭庵先生欲回浙江葬亲，倩余代庖三月，得备御寒之具。封篆出署，张禹门招寓其家。张亦失馆，度岁艰难，商于余，即以余资二十金倾囊借之，且告曰：“此本留为亡荆扶柩之费，一俟得有乡音，偿我可也。”是年即寓张度岁，晨占夕卜，乡音殊杳。

至甲子三月，接青君信，知吾父有病。即欲归苏，又恐触旧忿。正趑趄观望间，复接青君信，始痛悉吾父业已辞世。刺骨痛心，呼天莫及。无暇他计，即星夜驰归，触首灵前，哀号流血。呜呼！吾父一生辛苦，奔走于外。生余不肖，既少承欢膝下，又未侍药床前，不孝之罪何可逭哉！吾母见余哭，曰：“汝何此日始归耶？”余曰：“儿之归，幸得青君孙女信也。”吾母目余弟妇，遂默然。余入幕守灵至七终，无一人以家事告、以丧事商者。余自问人子之道已缺，故亦无颜询问。

一日，忽有向余索逋者登门饶舌，余出应曰：“欠债不还，固应催索，然吾父骨肉未寒，乘凶追呼，未免太甚。”中有一人私谓余曰：“我等皆有人招之使来，公且避出，当向招我者索偿也。”余曰：“我欠我偿，公等速退！”皆唯唯而去。余因呼启堂谕之曰：“兄虽不肖，并未作恶不端，若言出嗣降服，从未得过纤毫嗣产，此次奔丧归来，本人子之道，岂为争产故耶？大丈夫贵乎自立，我既一身归，仍以一身去耳！”言已，返身入幕，不觉大恸。叩辞吾母，走告青君，行将出走深山，求赤松子于世外矣。

青君正劝阻间，友人夏南熏字淡安、夏逢泰字揖山两昆季寻踪而至，抗声谏余曰：“家庭若此，固堪动忿，但足下父死而母尚存，妻丧而子未立，乃竟飘然出世，于心安乎？”余曰：“然则如之何？”淡安曰：“奉屈暂居寒舍，闻石琢堂殿撰有告假回籍之信，盍俟其归而往谒之？其必有以位置君也。”余曰：“凶丧未满百日，兄等有老亲在堂，恐多未便。”揖山曰：“愚兄弟之相邀，亦家君意也。足下如执以为不便，西邻有禅寺，方丈僧与余交最善，足下设榻于寺中，何如？”余诺之。青君曰：“祖父所遗房产，不下三四千金，既已分毫不取，岂自己行囊亦舍去耶？我往取之，径送禅寺父亲处可也。”因是于行囊之外，转得吾父所遗图书、砚台、笔筒数件。

寺僧安置予于大悲阁。阁南向，向东设神像，隔西首一间，设月窗，紧对佛龛，本为作佛事者斋食之地。余即设榻其中。临门有关圣提刀立像，极威武。院中有银杏一株，大三抱，阴覆满阁，夜静风声如吼。揖山常携酒果来对酌，曰：“足下一人独处，夜深不寐，得无畏怖耶？”余曰：“仆一生坦直，胸无秽念，何怖之有？”居未几，大雨倾盆，连宵达旦三十余天，时虑银杏折枝，压梁倾屋。赖神默佑，竟得无恙。而外之墙坍屋倒者不可胜计，近处田禾俱被漂没。余则日与僧人作画，不见不闻。

七月初，天始霁，揖山尊人号莼芗，有交易赴崇明，偕余往，代笔书券得二十金。归，值吾父将安葬，启堂命逢森向余曰：“叔因葬事乏用，欲助一二十金。”余拟倾囊与之，揖山不允，分帮其半。余即携青君先至墓所，葬既毕，仍返大悲阁。九月杪，揖山有田在东海永泰沙，又偕余往收其息。盘桓两月，归已残冬，移寓其家雪鸿草堂度岁。真异姓骨肉也。

乙丑七月，琢堂始自都门回籍。琢堂名韫玉，字执如，琢堂其号也，与余为总角交。乾隆庚戌殿元，出为四川重庆守。白莲教之乱，三年戎马，极著劳绩。及归，相见甚欢，旋于重九日挈眷重赴四川重庆之任，邀余同往。余即叩别吾母于九妹倩陆尚吾家，盖先君故居已属他人矣。吾母嘱曰：“汝弟不足恃，汝行须努力。重振家声，全望汝也！”逢森送余至半途，忽泪落不已，因嘱勿送而返。舟出京口，琢堂有旧交王惕夫孝廉在淮扬盐署，绕道往晤，余与偕往，又得一顾芸娘之墓。返舟由长江溯流而上，一路游览名胜。至湖北之荆州，得升潼关观察之信，遂留余与其嗣君敦夫、眷属等，暂寓荆州，琢堂轻骑减从至重庆度岁，遂由成都历栈道之任。丙寅二月，川眷始由水路往，至樊城登陆。途长费钜，车重人多，毙马折轮，备尝辛苦。抵潼关甫三月，琢堂又升山左廉访，清风两袖，眷属不能偕行，暂借潼川书院作寓。十月杪，始支山左廉俸，专人接眷。附有青君之书，骇悉逢森于四月间夭亡。始忆前之送余堕泪者，盖父子永诀也。呜呼！芸仅一子，不得延其嗣续耶！琢堂闻之，亦为之浩叹，赠余一妾，重入春梦。从此扰扰攘攘，又不知梦醒何时耳。

# 浪游记快

秦楚江山逐望开，探奇还上粤王台。

游踪第一应相忆，舟泊胥江月夜杯。

——管贻葄

分题沈三白处士《浮生六记》[之四]

余游幕三十年来，天下所未到者，蜀中、黔中与滇南耳。惜乎轮蹄征逐，处处随人，山水怡情，云烟过眼，不过领略其大概，不能探僻寻幽也。

余凡事喜独出己见，不屑随人是非。即论诗品画，莫不存人珍我弃、人弃我取之意。故名胜所在，贵乎心得，有名胜而不觉其佳者，有非名胜而自以为妙者。聊以平生所历者记之。

余年十五时，吾父稼夫公馆于山阴赵明府幕中。有赵省斋先生名传者，杭之宿儒也，赵明府延教其子，吾父命余亦拜投门下。暇日出游，得至吼山，离城约十余里，不通陆路。近山见一石洞，上有片石横裂欲堕，即从其下荡舟入。豁然空其中，四面皆峭壁，俗名之曰“水园”。临流建石阁五椽，对面石壁有“观鱼跃”三字。水深不测，相传有巨鳞潜伏，余投饵试之，仅见不盈尺者出而啖食焉。阁后有道通旱园，拳石乱矗，有横阔如掌者，有柱石平其顶而上加大石者，凿痕犹在，一无可取。游览既毕，宴于水阁，命从者放爆竹，轰然一响，万山齐应，如闻霹雳声。此幼时快游之始。惜乎兰亭、禹陵未能一到，至今以为憾。

至山阴之明年，先生以亲老不远游，设帐于家，余遂从至杭，西湖之胜因得畅游。结构之妙，予以龙井为最，小有天园次之。石取天竺之飞来峰，城隍山之瑞石古洞。水取玉泉，以水清多鱼，有活泼趣也。大约至不堪者，葛岭之玛瑙寺。其余湖心亭、六一泉诸景，各有妙处，不能尽述，然皆不脱脂粉气，反不如小静室之幽僻，雅近天然。

苏小墓在西泠桥侧。土人指示，初仅半丘黄土而已。乾隆庚子圣驾南巡，曾一询及，甲辰春复举南巡盛典，则苏小墓已石筑，其坟作八角形，上立一碑，大书曰："钱塘苏小小之墓"。从此，吊古骚人不须徘徊探访矣。余思古来烈魄忠魂堙没不传者，固不可胜数，即传而不久者，亦不为少；小小一名妓耳，自南齐至今，尽人而知之，此殆灵气所钟，为湖山点缀耶？

桥北数武有崇文书院，余曾与同学赵缉之投考其中。时值长夏，起极早，出钱塘门，过昭庆寺，上断桥，坐石阑上。旭日将升，朝霞映于柳外，尽态极妍；白莲香里，清风徐来，令人心骨皆清。步至书院，题犹未出也。午后缴卷，偕缉之纳凉于紫云洞。大可容数十人，石窍上透日光。有人设短几矮凳，卖酒于此。解衣小酌，尝鹿脯甚妙，佐以鲜菱雪藕，微酣出洞。缉之曰：“上有朝阳台，颇高旷，盍往一游？”余亦兴发，奋勇登其巅。觉西湖如镜，杭城如丸，钱塘江如带，极目可数百里。此生平第一大观也。坐良久，阳乌将落，相携下山，南屏晚钟动矣。韬光、云栖路远未到，其红门局之梅花、姑姑庙之铁树，不过尔尔。紫阳洞予以为必可观，而访寻得之。洞口仅容一指，涓涓流水而已，相传中有洞天，恨不能抉门而入。

清明日，先生春祭扫墓，挈余同游。墓在东岳，是乡多竹。坟丁掘未出土之毛笋，形如梨而尖，作羹供客。余甘之，尽其两碗。先生曰：“噫！是虽味美而克心血，宜多食肉以解之。”余素不贪屠门之嚼，至是饭量且因笋而减，归途觉烦躁，唇舌几裂。过石屋洞，不甚可观。水乐洞峭壁多藤萝，入洞如斗室，有泉流甚急，其声琅琅。池广仅三尺，深五寸许，不溢亦不竭。余俯流就饮，烦躁顿解。洞外二小亭，坐其中可听泉声。衲子请观万年缸。缸在香积厨，形甚巨，以竹引泉灌其内，听其满溢，年久结苔厚尺许，冬日不冰，故不损也。

辛丑秋八月，吾父病疟返里，寒索火，热索冰，余谏不听，竟转伤寒，病势日重。余侍奉汤药，昼夜不交睫者几一月。吾妇芸娘亦大病，恹恹在床。心境恶劣，莫可名状。吾父呼余嘱之曰："我病恐不起，汝守数本书，终非糊口计，我托汝于盟弟蒋思斋，仍继吾业可耳。"越日思斋来，即于榻前命拜为师。未几，得名医徐观莲先生诊治，父病渐痊。芸亦得徐力起床。而余则从此习幕矣。此非快事，何记于此？曰：此抛书浪游之始，故记之。

思斋先生名襄。是年冬，即相随习幕于奉贤官舍。有同习幕者，顾姓名金鉴，字鸿干，号紫霞，亦苏州人也。为人慷慨刚毅，直谅不阿，长余一岁，呼之为兄。鸿干即毅然呼余为弟，倾心相友。此余第一知己交也，惜以二十二岁卒，余即落落寡交，今年且四十有六矣，茫茫沧海，不知此生再遇知己如鸿干者否？

忆与鸿干订交，襟怀高旷，时兴山居之想。重九日，余与鸿干俱在苏，有前辈王小侠与吾父稼夫公唤女伶演剧，宴客吾家，余患其扰，先一日约鸿干赴寒山登高，借访他日结庐之地。芸为整理小酒榼。

越日天将晓，鸿干已登门相邀。遂携榼出胥门，入面肆，各饱食。渡胥江，步至横塘枣市桥，雇一叶扁舟，到山，日犹未午。舟子颇循良，令其籴米煮饭。余两人上岸，先至中峰寺。寺在支硎古刹之南，循道而上，寺藏深树，山门寂静，地僻僧闲，见余两人不衫不履，不甚接待。余等志不在此，未深入。归舟，饭已熟。饭毕，舟子携榼相随，嘱其子守船，由寒山至高义园之白云精舍。轩临峭壁，下凿小池，围以石栏，一泓秋水，崖悬薜荔，墙积莓苔。坐轩下，惟闻落叶萧萧，悄无人迹。出门有一亭，嘱舟子坐此相候。余两人从石罅中入，名“一线天”，循级盘旋，直造其巅，曰“上白云”，有庵已坍颓，存一危楼，仅可远眺。小憩片刻，即相扶而下，舟子曰：“登高忘携酒榼矣。”鸿干曰：“我等之游，欲觅偕隐地耳，非专为登高也。”舟子曰：“离此南行二三里，有上沙村，多人家，有隙地，我有表戚范姓居是村，盍往一游？”余喜曰：“此明末徐俟斋先生隐居处也，有园闻极幽雅，从未一游。”于是舟子导往。

村在两山夹道中。园依山而无石，老树多极纡回盘郁之势。亭榭窗栏尽从朴素，竹篱茆舍，不愧隐者之居。中有皂荚亭，树大可两抱。余所历园亭，此为第一。园左有山，俗呼鸡笼山，山峰直竖，上加大石，如杭城之瑞石古洞，而不及其玲珑。旁一青石如榻，鸿干卧其上曰：“此处仰观峰岭，俯视园亭，既旷且幽，可以开樽矣。”因拉舟子同饮，或歌或啸，大畅胸怀。土人知余等觅地而来，误以为堪舆，以某处有好风水相告。鸿干曰：“但期合意，不论风水。”（岂意竟成谶语！）酒瓶既罄，各采野菊插满两鬓。

归舟，日已将没。更许抵家，客犹未散。芸私告余曰：“女伶中有兰官者，端庄可取。”余假传母命呼之入内，握其腕而睨之，果丰颐白腻。余顾芸曰：“美则美矣，终嫌名不称实。”芸曰：“肥者有福相。”余曰：“马嵬之祸，玉环之福安在？”芸以他辞遣之出，谓余曰：“今日君又大醉耶？”余乃历述所游，芸亦神往者久之。

癸卯春，余从思斋先生就维扬之聘，始见金、焦面目。金山宜远观，焦山宜近视，惜余往来其间，未尝登眺。渡江而北，渔洋所谓“绿杨城郭是扬州”一语，已活现矣！平山堂离城约三四里，行其途有八九里，虽全是人功，而奇思幻想，点缀天然，即阆苑瑶池、琼楼玉宇，谅不过此。

其妙处在十余家之园亭合而为一，联络至山，气势俱贯。其最难位置处，出城入景，有一里许紧沿城郭。夫城缀于旷远重山间，方可入画。园林有此，蠢笨绝伦。而观其或亭或台，或墙或石，或竹或树，半隐半露间，使游人不觉其触目，此非胸有丘壑者断难下手。城尽，以虹园为首，折而向北，有石梁曰“虹桥”——不知园以桥名乎？桥以园名乎？荡舟过，曰“长堤春柳”，此景不缀城脚而缀于此，更见布置之妙。再折而西，垒土立庙，曰“小金山”。有此一挡便觉气势紧凑，亦非俗笔。闻此地本沙土，屡筑不成，用木排若干，层叠加土，费数万金乃成，若非商家，乌能如是。过此有胜概楼，年年观竞渡于此。河面较宽，南北跨一莲花桥，桥门通八面，桥面设五亭，扬人呼为“四盘一暖锅”。此思穷力竭之为，不甚可取。桥南有莲心寺，寺中突起喇嘛白塔，金顶缨络，高矗云霄，殿角红墙松柏掩映，钟磬时闻，此天下园亭所未有者。过桥见三层高阁，画栋飞檐，五彩绚烂，叠以太湖石，围以白石栏，名曰“五云多处”，如作文中间之大结构也。过此名“蜀冈朝旭”，平坦无奇，且属附会。将及山，河面渐束，堆土植竹树，作四五曲。似已山穷水尽，而忽豁然开朗，平山之万松林已列于前矣。“平山堂”为欧阳文忠公所书。所谓淮东第五泉，真者在假山石洞中，不过一井耳，味与天泉同；其荷亭中之六孔铁井栏者，乃系假设，水不堪饮。九峰园另在南门幽静处，别饶天趣，余以为诸园之冠。康山未到，不识如何。此皆言其大概。其工巧处、精美处，不能尽述，大约宜以艳妆美人目之，不可作浣纱溪上观也。余适恭逢南巡盛典，各工告竣，敬演接驾点缀，因得畅其大观，亦人生难遇者也。

甲辰之春，余随侍吾父于吴江何明府幕中，与山阴章蘋江、武林章映牧、苕溪顾霭泉诸公同事，恭办南斗圩行宫，得第二次瞻仰天颜。一日，天将晚矣，忽动归兴。有办差小快船，双橹两桨，于太湖飞棹疾驰，吴俗呼为“出水辔头”，转瞬已至吴门桥。即跨鹤腾空，无此神爽。抵家，晚餐未熟也。

吾乡素尚繁华，至此日之争奇夺胜，较昔尤奢。灯彩眩眸，笙歌聒耳，古人所谓“画栋雕甍”“珠帘绣幕”“玉阑干”“锦步障”，不啻过之。余为友人东拉西扯，助其插花结彩。闲则呼朋引类，剧饮狂歌，畅怀游览，少年豪兴，不倦不疲。苟生于盛世而仍居僻壤，安得此游观哉？

是年，何明府因事被议，吾父即就海宁王明府之聘。嘉兴有刘蕙阶者，长斋佞佛，来拜吾父。其家在烟雨楼侧，一阁临河，曰“水月居”，其诵经处也，洁净如僧舍。烟雨楼在镜湖之中，四岸皆绿杨，惜无多竹。有平台可远眺。渔舟星列，漠漠平波，似宜月夜。衲子备素斋甚佳。

至海宁，与白门史心月、山阴俞午桥同事。心月一子，名烛衡，澄静缄默，彬彬儒雅，与余莫逆——此生平第二知心交也。惜萍水相逢，聚首无多日耳。

游陈氏安澜园，地占百亩，重楼复阁，夹道回廊。池甚广，桥作六曲形。石满藤萝，凿痕全掩，古木千章，皆有参天之势。鸟啼花落，如入深山。此人功而归于天然者，余所历平地之假石园亭，此为第一。曾于桂花楼中张宴，诸味尽为花气所夺，惟酱姜味不变。姜桂之性老而愈辣，以喻忠节之臣，洵不虚也。

出南门，即大海。一日两潮，如万丈银堤破海而过。船有迎潮者，潮至，反棹相向。于船头设一木招，状如长柄大刀。招一捺，潮即分破，船即随招而入。俄顷始浮起，拨转船头，随潮而去，顷刻百里。塘上有塔院，中秋夜曾随吾父观潮于此。循塘东约三十里，名尖山，一峰突起，扑入海中。山顶有阁，匾曰“海阔天空”。一望无际，但见怒涛接天而已。

余年二十有五，应徽州绩溪克明府之召，由武林下“江山船”，过富春山，登子陵钓台。台在山腰，一峰突起，离水十余丈。岂汉时之水竟与峰齐耶？月夜泊界口，有巡检署。“山高月小，水落石出”，此景宛然。黄山仅见其脚，惜未一瞻面目。绩溪城处于万山之中，弹丸小邑，民情淳朴。近城有石镜山。由山弯中曲折一里许，悬崖急湍，湿翠欲滴。渐高，至山腰，有一方石亭，四面皆陡壁。亭左石削如屏，青色光润，可鉴人形，俗传能照前生。黄巢至此，照为猿猴形，纵火焚之，故不复现。离城十里有火云洞天，石纹盘结，凹凸巉岩，如黄鹤山樵笔意，而杂乱无章。洞石皆深绛色。旁有一庵，甚幽静，盐商程虚谷曾招游，设宴于此。席中有肉馒头，小沙弥眈眈旁视，授以四枚。临行以番银二圆为酬。山僧不识，推不受。告以一枚可易青钱七百余文。僧以近无易处，仍不受。乃攒凑青蚨六百文付之，始欣然作谢。他日余邀同人携榼再往，老僧嘱曰：“曩者小徒不知食何物而腹泻，今勿再与。”可知藜藿之腹不受肉味，良可叹也。余谓同人曰：“作和尚者，必居此等僻地，终身不见不闻，或可修真养静。若吾乡之虎丘山，终日目所见者妖童艳妓，耳所听者弦索笙歌，鼻所闻者佳肴美酒，安得身如枯木、心如死灰哉？”

又去城三十里，名曰仁里，有花果会，十二年一举，每举各出盆花为赛。余在绩溪适逢其会，欣然欲往，苦无轿马，乃教以断竹为杠，缚椅为轿，雇人肩之而去，同游者惟同事许策廷，见者无不讶笑。至其地，有庙，不知供何神。庙前旷处高搭戏台，画梁方柱极其巍焕，近视则纸扎彩画，抹以油漆者。锣声忽至，四人抬对烛大如断柱，八人抬一猪大若牯牛，盖公养十二年始宰以献神。策廷笑曰："猪固寿长，神亦齿利。我若为神，乌能享此。"余曰："亦足见其愚诚也。"入庙，殿廊轩院所设花果盆玩，并不剪枝拗节，尽以苍老古怪为佳，大半皆黄山松。既而开场演剧，人如潮涌而至，余与策廷遂避去。未两载，余与同事不合，拂衣归里。

余自绩溪之游，见热闹场中卑鄙之状不堪入目，因易儒为贾。余有姑丈袁万九，在盘溪之仙人塘作酿酒生涯。余与施心耕附资合伙。袁酒本海贩。不一载，值台湾林爽文之乱，海道阻隔，货积本折。不得已仍为"冯妇"，馆江北四年，一无快游可记。

迨居萧爽楼，正作烟火神仙。有表妹倩徐秀峰自粤东归，见余闲居，慨然曰："足下待露而爨，笔耕而炊，终非久计。盍偕我作岭南游？当不仅获蝇头利也。"芸亦劝余曰："乘此老亲尚健，子尚壮年，与其商柴计米而寻欢，不如一劳永逸。"余乃商诸交游者，集资作本。芸亦自办绣货及岭南所无之苏酒、醉蟹等物。禀知堂上，于小春十日，偕秀峰由东坝出芜湖口。

长江初历，大畅襟怀。每晚舟泊后，必小酌船头。见捕鱼者罾幂不满三尺，孔大约有四寸，铁箍四角，似取易沉。余笑曰："圣人之教虽曰'罟不用数'，而如此之大孔小罾，焉能有获？"秀峰曰："此专为网鳊鱼设也。"见其系以长绠，忽起忽落，似探鱼之有无。未几，急挽出水，已有鳊鱼枷罾孔而起矣。余始喟然曰："可知一己之见，未可测其奥妙！"一日，见江心中一峰突起，四无依倚。秀峰曰："此小孤山也。"霜林中，殿阁参差，乘风径过，惜未一游。至滕王阁，犹吾苏府学之尊经阁移于胥门之大马头，王子安序中所云不足信也。即于阁下换高尾昂首船，名"三板子"。由赣关至南安登陆，值余三十诞辰，秀峰备面为寿。越日过大庾岭，山巅一亭，匾曰"举头日近"，言其高也。山头分为二，两边峭壁，中留一道如石巷。口列两碑，一曰"急流勇退"，一曰"得意不可再往"。山顶有梅将军祠，未考为何朝人。所谓岭上梅花，并无一树，意者以梅将军得名梅岭耶？余所带送礼盆梅，至此将交腊月，已花落而叶黄矣。过岭出口，山川风物便觉顿殊。岭西一山，石窍玲珑，已忘其名，舆夫曰："中有仙人床榻。"匆匆竟过，以未得游为怅。至南雄，雇老龙船。过佛山镇，见人家墙顶多列盆花，叶如冬青，花如牡丹，有大红、粉白、粉红三种，盖山茶花也。

腊月望，始抵省城，寓靖海门内，赁王姓临街楼屋三椽。秀峰货物皆销与当道，余亦随其开单拜客。即有配礼者络绎取货，不旬日而余物已尽。除夕蚊声如雷。岁朝贺节，有棉袍纱套者。

不惟气候迥别，即土著人物，同一五官而神情迥异。

正月既望，有署中同乡三友拉余游河观妓，名曰“打水围”，妓名“老举”。于是同出靖海门，下小艇（如剖分之半蛋而加篷焉），先至沙面。妓船名“花艇”，皆对头分排，中留水巷以通小艇往来。每帮约一二十号，横木绑定，以防海风。两船之间钉以木桩，套以藤圈，以便随潮长落。鸨儿呼为“梳头婆”，头用银丝为架，高约四寸许，空其中而蟠发于外，以长耳挖插一朵花于鬓，身披元青短袄，著元青长裤，管拖脚背，腰束汗巾，或红或绿，赤足撒鞋，式如梨园旦脚；登其艇，即躬身笑迎，搴帏入舱。旁列椅杌，中设大炕，一门通艄后。妇呼“有客”，即闻履声杂沓而出，有挽髻者，有盘辫者，傅粉如粉墙，搽脂如榴火，或红袄绿裤，或绿袄红裤，有著短袜而撮绣花蝴蝶履者，有赤足而套银脚镯者，或蹲于炕，或倚于门，双瞳闪闪，一言不发。余顾秀峰曰：“此何为者也？”秀峰曰：“目成之后，招之始相就耳。”余试招之，果即欢容至前，袖出槟榔为敬。入口大嚼，涩不可耐，急吐之，以纸擦唇，其吐如血。合艇皆大笑。又至军工厂，妆束亦相等，惟长幼皆能琵琶而已。与之言，对曰“谜”。“谜”者“何”也。余曰：“少不入广者，以其销魂耳，若此野妆蛮语，谁为动心哉？”一友曰：“潮帮妆束如仙，可往一游。”至其帮，排舟亦如沙面。有著名鸨儿素娘者，妆束如花鼓妇。其粉头衣皆长领，颈套项锁，前发齐眉，后发垂肩，中挽一鬏似丫髻；裹足者著裙，不裹足者短袜，亦著蝴蝶履，长拖裤管，语音可辨。而余终嫌为异服，兴趣索然。秀峰曰：“靖海门对渡有扬帮，皆吴妆，君往，必有合意者。”一友曰：“所谓扬帮者，仅一鸨儿，呼曰邵寡妇，携一媳曰大姑，系来自扬州；余皆湖、广、江西人也。”

因至扬帮，对面两排仅十余艇，其中人物皆云鬟雾鬓，脂粉薄施，阔袖长裙，语音了了。所谓邵寡妇者殷勤相接。遂有一友另唤酒船，大者曰“恒艛”，小者曰“沙姑艇”，作东道相邀，请余择妓。余择一雏年者，身材状貌有类余妇芸娘，而足极尖细，名喜儿。秀峰唤一妓，名翠姑。余皆各有旧交。放艇中流，开怀畅饮。至更许，余恐不能自持，坚欲回寓，而城已下钥久矣。盖海疆之城，日落即闭，余不知也。及终席，有卧而吃鸦片烟者，有拥妓而调笑者。伻头各送衾枕至，行将连床开铺。余暗询喜儿：“汝本艇可卧否？”对曰：“有寮可居，未知有客否也。”（寮者，船顶之楼。）余曰：“姑往探之。”招小艇渡至邵船，但见合帮灯火相对如长廊，寮适无客。鸨儿笑迎曰：“我知今日贵客来，故留寮以相待也。”余笑曰：“姥真荷叶下仙人哉！”遂有伻头移烛相引，由舱后梯而登，宛如斗室，旁一长榻，几案俱备。揭帘再进，即在头舱之顶，床亦旁设，中间方窗嵌以玻璃，不火而光满一室，盖对船之灯光也。衾帐镜奁，颇极华美。喜儿曰：“从台可以望月。”即在梯门之上叠开一窗，蛇行而出，即后梢之顶也。三面皆设短栏，一轮明月，水阔天空。纵横如乱叶浮水者，酒船也；闪烁如繁星列天者，酒船之灯也；更有小艇梳织往来，笙歌弦索之声杂以长潮之沸，令人情为之移。余曰：“‘少不入广’，当在斯矣！”惜余妇芸娘不能偕游至此。回顾喜儿，月下依稀相似，因挽之下台，息烛而卧。天将晓，秀峰等已哄然至。余披衣起迎，皆责以昨晚之逃。余曰：“无他，恐公等掀衾揭帐耳！”遂同归寓。

越数日，偕秀峰游海珠寺。寺在水中，围墙若城四周。离水五尺许，有洞，设大炮以防海寇。潮长潮落，随水浮沉，不觉炮门之或高或下，亦物理之不可测者。十三洋行在幽兰门之西，结构与洋画同。对渡名“花地”，花木甚繁，广州卖花处也。余自以为无花不识，至此仅识十之六七，询其名，有《群芳谱》所未载者，或土音之不同欤？

海幢寺规模极大。山门内植榕树，大可十余抱，阴浓如盖，秋冬不凋。柱槛窗阑皆以铁梨木为之。有菩提树，其叶似柿，浸水去皮，肉筋细如蝉翼纱，可裱小册写经。

归途访喜儿于花艇，适翠、喜二妓俱无客。茶罢欲行，挽留再三。余所属意在寮，而其媳大姑已有酒客在上。因谓邵鸨儿曰：“若可同往寓中，则不妨一叙。”邵曰：“可。”秀峰先归，嘱从者整理酒肴。余携翠、喜至寓。正谈笑间，适郡署王懋老不期而来，挽之同饮。酒将沾唇，忽闻楼下人声嘈杂，似有上楼之势。盖房东一侄素无赖，知余招妓，故引人图诈耳。秀峰怨曰："此皆三白一时高兴，不合我亦从之。"余曰："事已至此，应速思退兵之计，非斗口时也。"懋老曰："我当先下说之。"余念唤仆速雇两轿，先脱两妓，再图出城之策。闻懋老说之不退，亦不上楼。两轿已备，余仆手足颇捷，令其向前开路。秀峰挽翠姑继之，余挽喜儿于后，一哄而下。秀峰、翠姑得仆力，已出门去。喜儿为横手所拿。余急起腿，中其臂，手一松而喜儿脱去，余亦乘势脱身出。余仆犹守于门，以防追抢。急问之曰："见喜儿否？"仆曰："翠姑已乘轿去。喜娘但见其出，未见其乘轿也。"余急燃炬，见空轿犹在路旁。急追至靖海门，见秀峰侍翠轿而立。又问之，对曰："或应投东，而反奔西矣。"急反身，过寓十余家，闻暗处有唤余者，烛之，喜儿也。遂纳之轿，肩而行。秀峰亦奔至，曰："幽兰门有水窦可出，已托人贿之启钥。翠姑去矣，喜儿速往！"余曰："君速回寓退兵，翠、喜交我！"至水窦边，果已启钥。翠先在。余遂左掖喜，右挽翠，折腰鹤步，踉跄出窦。天适微雨，路滑如油。至河干沙面，笙歌正盛。小艇有识翠姑者，招呼登舟。始见喜儿首如飞蓬，钗环俱无有。余曰："被抢去耶？"喜儿笑曰："闻此皆赤金，阿母物也。妾于下楼时已除去，藏于囊中。若被抢去，累君赔偿耶。"余闻言，心甚德之。令其重整钗环，勿告阿母，托言寓所人杂，故仍归舟耳。翠姑如言告母，并曰："酒菜已饱，备粥可也。”时寮上酒客已去。邵鸨儿命翠亦陪余登寮。见两对绣鞋泥污已透。三人共粥，聊以充饥。剪烛絮谈，始悉翠籍湖南，喜亦豫产，本姓欧阳，父亡母醮，为恶叔所卖。翠姑告以迎新送旧之苦，心不欢必强笑，酒不胜必强饮，身不快必强陪，喉不爽必强歌；更有乖张其性者，稍不合意，即掷酒翻案，大声辱骂，假母不察，反言接待不周；又有恶客彻夜蹂躏，不堪其扰。喜儿年轻初到，母犹惜之。不觉泪随言落。喜儿亦默然涕泣。余乃挽喜入怀，抚慰之。嘱翠姑卧于外榻，盖因秀峰交也。

自此或十日或五日，必遣人来招。喜或自放小艇，亲至河干迎接。余每去，必偕秀峰，不邀他客，不另放艇。一夕之欢，番银四圆而已。秀峰今翠明红，俗谓之跳槽，甚至一招两妓；余则惟喜儿一人。偶独往，或小酌于平台，或清谈于寮内，不令唱歌，不强多饮，温存体恤，一艇怡然。邻妓皆羡之。有空闲无客者，知余在寮，必来相访。合帮之妓无一不识。每上其艇，呼余声不绝。余亦左顾右盼，应接不暇，此虽挥霍万金所不能致者。

余四月在彼处，共费百余金，得尝荔枝鲜果，亦生平快事。后鸨儿欲索五百金强余纳喜。余患其扰，遂图归计。秀峰迷恋于此，因劝其购一妾，仍由原路返吴。明年，秀峰再往，吾父不准偕游，遂就青浦杨明府之聘。及秀峰归，述及喜儿因余不往，几寻短见。噫！“半年一觉扬帮梦，赢得花船薄倖名”矣！

余自粤东归来，馆青浦两载，无快游可述。未几，芸、憨相遇，物议沸腾。芸以愤激致病。余与程墨安设一书画铺于家门之侧，聊佐汤药之需。

中秋后二日，有吴云客偕毛忆香、王星烂邀余游西山小静室。余适腕底无闲，嘱其先往。吴曰："子能出城，明午当在山前水踏桥之来鹤庵相候。"余诺之。

越日，留程守铺。余独步出阊门，至山前，过水踏桥，循田塍而西，见一庵南向，门带清流。剥琢问之。应曰："客何来？"余告之。笑曰："此'得云'也，客不见匾额乎？'来鹤'已过矣！"余曰："自桥至此，未见有庵。"其人回指曰："客不见土墙中森森多竹者，即是也。"余乃返，至墙下，小门深闭。门隙窥之，短篱曲径，绿竹猗猗，寂不闻人语声。叩之，亦无应者。一人过，曰："墙穴有石，敲门具也。"余试连击，果有小沙弥出应。余即循径入，过小石桥，向西一折，始见山门，悬黑漆额，粉书"来鹤"二字，后有长跋，不暇细观。入门经韦陀殿，上下光洁，纤尘不染，知为好静室。忽见左廊又一小沙弥奉壶出。余大声呼问，即闻室内星烂笑曰："何如？我谓三白决不失信也！"旋见云客出迎，曰："候君早膳，何来之迟？"一僧继其后，向余稽首，问知为竹逸和尚。入其室，仅小屋三椽，额曰"桂轩"。庭中双桂盛开。星烂、忆香群起嚷曰："来迟罚三杯！"席上荤素精洁，酒则黄白俱备。余问曰：

“公等游几处矣？”云客曰：“昨来已晚，今晨仅到得云、河亭耳。”欢饮良久。饭毕，仍自得云、河亭共游八九处，至华山而止，各有佳处，不能尽述。华山之顶有莲花峰，以时欲暮，期以后游。桂花之盛，至此为最，就花下饮清茗一瓯，即乘山舆，径回来鹤。

桂轩之东另有临洁小阁，已杯盘罗列。竹逸寡言静坐，而好客善饮。始则折桂催花，继则每人一令，二鼓始罢。余曰：“今夜月色甚佳，即此酣卧，未免有负清光。何处得高旷地，一玩月色，庶不虚此良夜也？”竹逸曰：“放鹤亭可登也。”云客曰：“星烂抱得琴来，未闻绝调，到彼一弹何如？”乃偕往。但见木犀香里，一路霜林，月下长空，万籁俱寂。星烂弹《梅花三弄》，飘飘欲仙。忆香亦兴发，袖出铁笛，呜呜而吹之。云客曰：“今夜石湖看月者，谁能如吾辈之乐哉？”盖吾苏八月十八日石湖行春桥下有看串月胜会，游船排挤，彻夜笙歌，名虽看月，实则挟妓哄饮而已。未几，月落霜寒，兴阑归卧。

明晨，云客谓众曰：“此地有无隐庵，极幽僻，君等有到过者否？”咸对曰：“无论未到，并未尝闻也。”竹逸曰：“无隐四面皆山，其地甚僻，僧不能久居。向年曾一至，已坍废。自尺木彭居士重修后，未尝往焉。今犹依稀识之。如欲往游，请为前导。”忆香曰：“枵腹去耶？”竹逸笑曰：“已备素面矣。再令道人携酒榼相从也。”面毕，步行而往。过高义园，云客欲往白云精舍。入门就坐，一僧徐步出，向云客拱手曰：“违教两月。城中有何新闻？抚军在辕否？”忆香忽起曰：“秃！”拂袖径出。余与星烂忍笑随之，云客、竹逸酬答数语，亦辞出。高义园即范文正公墓。白云精舍在其旁。一轩面壁，上悬藤萝，下凿一潭，广丈许，一泓清碧，有金鳞游泳其中，名曰“钵盂泉”。竹炉茶灶，位置极幽。轩后于万绿丛中，可瞰范园之概。惜衲子俗，不堪久坐耳。是时由上沙村过鸡笼山，即余与鸿干登高处也。风物依然，鸿干已死，不胜今昔之感。

正惆怅间，忽流泉阻路不得进，有三五村童掘菌子于乱草中，探头而笑，似讶多人之至此者。询以无隐路。对曰：“前途水大不可行，请返数武，南有小径，度岭可达。”从其言。度岭南行里许，渐觉竹树丛杂，四山环绕，径满绿茵，已无人迹。竹逸徘徊四顾，曰：“似在斯，而径不可辨，奈何？”余乃蹲身细瞩，于千竿竹中隐隐见乱石墙舍，径掩丛竹间，横穿入觅之，始得一门，曰“无隐禅院，某年月日南园老人彭某重修”。众喜，曰：“非君则武陵源矣！”山门紧闭，敲良久，无应者。忽旁开一门，呀然有声，一鹑衣少年出，面有菜色，足无完履，问曰：“客何为者？”竹逸稽首曰：“慕此幽静，特来瞻仰。”少年曰：“如此穷山，僧散无人接待，请觅他游。”言已，闭门欲进。云客急止之，许以启门放游，必当酬谢。少年笑曰：“茶叶俱无，恐慢客耳，岂望酬耶？”山门一启，即见佛面，金光与绿阴相映，庭阶石础苔积如绣。殿后台级如墙，石阑绕之。循台而西，有石形如馒头，高二丈许，细竹环其趾。再西折北，由斜廊蹑级而登。客堂三楹紧对大石。石下凿一小月池，清泉一派，荇藻交横。堂东即正殿。殿左西向为僧房厨灶。殿后临峭壁，树杂阴浓，仰不见天。星烂力疲，就池边小憩。余从之。将启榼小酌，忽闻忆香音在树杪，呼曰："三白速来，此间有妙境！"仰而视之，不见其人，因与星烂循声觅之。由东厢出一小门，折北，有石磴如梯，约数十级；于竹坞中瞥见一楼。又梯而上，八窗洞然，额曰"飞云阁"。四山抱列如城，缺西南一角，遥见一水浸天，风帆隐隐，即太湖也。倚窗俯视，风动竹梢，如翻麦浪。忆香曰："何如？"余曰："此妙境也。"忽又闻云客于楼西呼曰："忆香速来，此地更有妙境！"因又下楼，折而西，十余级，忽豁然开朗，平坦如台。度其地已在殿后峭壁之上，残砖缺础尚存，盖亦昔日之殿基也。周望环山，较阁更畅。忆香对太湖长啸一声，则群山齐应。乃席地开樽，忽愁枵腹。少年欲烹焦饭代茶，随令改茶为粥，邀与同啖。询其何以冷落至此，曰："四无居邻，夜多暴客。积粮时来强窃，即植蔬果，亦半为樵子所有。此为崇宁寺下院，长厨中月送饭干一石、盐菜一坛而已。某为彭姓裔，暂居看守，行将归去，不久当无人迹矣。"云客谢以番银一圆。

返至来鹤，买舟而归。余绘《无隐图》一幅，以赠竹逸，志快游也。

是年冬，余为友人作中保所累，家庭失欢，寄居锡山华氏。明年春，将之维扬而短于资，有故人韩春泉在上洋幕府，因往访焉。衣敝履穿，不堪入署，投札约晤于郡庙园亭中。及出见，知余愁苦，慨助十金。园为洋商捐施而成，极为阔大，惜点缀各景杂乱无章，后叠山石亦无起伏照应。归途忽思虞山之胜，适有便舟附之。时当春仲，桃李争妍，逆旅行踪，苦无伴侣，乃怀青铜三百，信步至虞山书院。墙外仰瞩，见丛树交花，娇红稚绿，傍水依山，极饶幽趣。惜不得其门而入。问途以往。遇设篷瀹茗者，就之。烹碧罗春，饮之极佳。询虞山何处最胜，一游者曰："从此出西关，近剑门，亦虞山最佳处也，君欲往，请为前导。"余欣然从之。出西门，循山脚，高低约数里，渐见山峰屹立，石作横纹。至则一山中分，两壁凹凸，高数十仞。近而仰视，势将倾堕。其人曰："相传上有洞府，多仙景，惜无径可登。"余兴发，挽袖卷衣，猿攀而上，直造其巅。所谓洞府者，深仅丈许，上有石罅，洞然见天。俯首下视，腿软欲堕。乃以腹面壁，依藤附蔓而下。其人叹曰："壮哉！游兴之豪，未见有如君者。"余口渴思饮，邀其人就野店沽饮三杯。阳乌将落，未得遍游，拾赭石十余块，怀之归寓。负笈搭夜航至苏，仍返锡山。此余愁苦中之快游也。

嘉庆甲子春，痛遭先君之变，行将弃家远遁，友人夏揖山挽留其家。秋八月，邀余同往东海永泰沙勘收花息。沙隶崇明。出刘河口，航海百余里。新涨初辟，尚无街市。茫茫芦荻，绝少人烟。仅有同业丁氏仓房数十椽，四面掘沟河，筑堤栽柳绕于外。丁字宝初，家于崇，为一沙之首户，司会计者姓王；俱豪爽好客，不拘礼节，与余乍见即同故交。宰猪为饷，倾瓮为饮。令则拇战，不知诗文；歌则号呶，不讲音律。酒酣，挥工人舞拳相扑为戏。蓄牯牛百余头，皆露宿堤上。养鹅为号，以防海贼。日则驱鹰犬猎于芦丛沙渚间，所获多飞禽。余亦从之驰逐，倦则卧。引至园田成熟处，每一字号圈筑高堤，以防潮汛。堤中通有水窦，用闸启闭。旱则长潮时启闸灌之，潦则落潮时开闸泄之。佃人皆散处如列星，一呼俱集，称业户曰“产主”，唯唯听命，朴诚可爱，而激之非义，则野横过于狼虎，幸一言公平，率然拜服。风雨晦明，恍同太古。卧床外瞩即睹洪涛，枕畔潮声如鸣金鼓。一夜，忽见数十里外有红灯大如栲栳，浮于海中，又见红光烛天，势同失火。宝初曰：“此处起现神灯神火，不久又将涨出沙田矣。”揖山兴致素豪，至此益放。余更肆无忌惮，牛背狂歌，沙头醉舞，随其兴之所至，真生平无拘之快游也。事竣，十月始归。

吾苏虎丘之胜，余取后山之千顷云一处，次则剑池而已，余皆半借人功，且为脂粉所污，已失山林本相。即新起之白公祠、塔影桥，不过留名雅耳。其冶坊滨，余戏改为“野芳滨”，更不过脂乡粉队，徒形其妖冶而已。其在城中最著名之狮子林，虽曰云林手笔，且石质玲珑，中多古木；然以大势观之，竟同乱堆煤渣，积以苔藓，穿以蚁穴，全无山林气势。以余管窥所及，不知其妙。灵岩山，为吴王馆娃宫故址，上有西施洞、响屧廊、采香径诸胜，而其势散漫，旷无收束，不及天平支硎之别饶幽趣。

邓尉山一名元墓，西背太湖，东对锦峰，丹崖翠阁，望如图画。居人种梅为业，花开数十里，一望如积雪，故名“香雪海”。山之左有古柏四树，名之曰“清”“奇”“古”“怪”：清者，一株挺直，茂如翠盖；奇者，卧地三曲，形同“之”字；古者，秃顶扁阔，半朽如掌；怪者，体似旋螺，枝干皆然。相传汉以前物也。

乙丑孟春，揖山尊人莼芗先生偕其弟介石，率子侄四人往幞山家祠春祭，兼扫祖墓，招余同往。顺道先至灵岩山，出虎山桥，由费家河进香雪海观梅。幞山祠宇即藏于香雪海中，时花正盛，咳吐俱香。余曾为介石画《幞山风木图》十二册。

是年九月，余从石琢堂殿撰赴四川重庆府之任。溯长江而上，舟抵皖城。皖山之麓，有元季忠臣余公之墓。墓侧有堂三楹，名曰“大观亭”。面临南湖，背倚潜山。亭在山脊，眺远颇畅。旁有深廊，北窗洞开。时值霜叶初红，烂如桃李。同游者为蒋寿朋、蔡子琴。南城外又有王氏园。其地长于东西，短于南北，盖北紧背城、南则临湖故也。既限于地，颇难位置，而观其结构，作重台叠馆之法。重台者，屋上作月台为庭院，叠石栽花于上，使游人不知脚下有屋；盖上叠石者则下实，上庭院者则下虚，故花木仍得地气而生也。叠馆者，楼上作轩，轩上再作平台，上下盘折，重叠四层，且有小池，水不漏泄，竟莫测其何虚何实。其立脚全用砖石为之，承重处仿照西洋立柱法。幸面对南湖，目无所阻，骋怀游览，胜于平园，真人功之奇绝者也。

武昌黄鹤楼在黄鹄矶上，后迤黄鹄山，俗呼为蛇山。楼有三层，画栋飞檐，倚城屹峙，面临汉江，与汉阳晴川阁相对。余与琢堂冒雪登焉。仰视长空，琼花风舞，遥指银山玉树，恍如身在瑶台。江中往来小艇，纵横掀播，如浪卷残叶，名利之心至此一冷。壁间题咏甚多，不能记忆。但记楹对有云："何时黄鹤重来，且共倒金樽，浇洲渚千年芳草；但见白云飞去，更谁吹玉笛，落江城五月梅花。"

黄州赤壁在府城汉川门外，屹立江滨，截然如壁，石皆绛色，故名焉。《水经》谓之赤鼻山，东坡游此作二赋，指为吴魏交兵处，则非也。壁下已成陆地。上有二赋亭。

是年仲冬抵荆州。琢堂得升潼关观察之信，留余住荆州。余以未得见蜀中山水为怅。时琢堂入川，而哲嗣敦夫眷属及蔡子琴、席芝堂俱留于荆州。居刘氏废园，余记其厅额曰“紫藤红树山房”。庭阶围以石栏，凿方池一亩。池中建一亭，有石桥通焉。亭后筑土叠石，杂树丛生。余多旷地，楼阁俱倾颓矣。客中无事，或吟或啸，或出游，或聚谈。岁暮虽资斧不继，而上下雍雍，典衣沽酒，且置锣鼓敲之。每夜必酌，每酌必令。窘则四两烧刀，亦必大施觞政。遇同乡蔡姓者，蔡子琴与叙宗系，乃其族子也。倩其导游名胜，至府学前之曲江楼。昔张九龄为长史时，赋诗其上。朱子亦有诗曰：“相思欲回首，但上曲江楼。”城上又有雄楚楼，五代时高氏所建。规模雄峻，极目可数百里。绕城傍水，尽植垂杨，小舟荡桨往来，颇有画意。荆州府署即关壮缪帅府，仪门内有青石断马槽，相传即赤兔马食槽也。访罗含宅于城西小湖上，不遇；又访宋玉故宅于城北。昔庾信遇侯景之乱，遁归江陵，居宋玉故宅，继改为酒家。今则不可复识矣。

是年大除，雪后极寒。献岁发春，无贺年之扰。日惟燃纸炮、放纸鸢、扎纸灯以为乐。既而风传花信，雨濯春尘。琢堂诸姬携其少女幼子顺川流而下。敦夫乃重整行装，合帮而走。由樊城登陆，直赴潼关。

由河南阌乡县西出函谷关，有“紫气东来”四字，即老子乘青牛所过之地。两山夹道，仅容二马并行。约十里即潼关，左背峭壁，右临黄河。关在山河之间，扼喉而起，重楼叠垛，极其雄峻，而车马寂然，人烟亦稀。昌黎诗曰“日照潼关四扇开”，殆亦言其冷落耶？

城中观察之下，仅一别驾。道署紧靠北城，后有园圃，横长约三亩。东西凿两池，水从西南墙外而入，东流至两池间，支分三道：一向南，至大厨房，以供日用；一向东，入东池；一向北折西，由石螭口中喷入西池，绕至西北，设闸泄泻，由城脚转北，穿窦而出，直下黄河。日夜环流，殊清人耳。竹树阴浓，仰不见天。西池中有亭，藕花绕左右。东有面南书室三间，庭有葡萄架，下设方石，可弈可饮。以外皆菊畦。西有面东轩屋三间，坐其中可听流水声。轩南有小门可通内室。轩北窗下另凿小池。池之北有小庙，祀花神。园正中筑三层楼一座，紧靠北城，高与城齐，俯视城外即黄河也。河之北，山如屏列，已属山西界，真洋洋大观也！余居园南，屋如舟式，庭有土山，上有小亭，登之可览园中之概。绿阴四合，夏无暑气。琢堂为余颜其斋曰“不系之舟”。此余幕游以来第一好居室也。土山之间，艺菊数十种，惜未及含葩，而琢堂调山左廉访矣。眷属移寓潼川书院，余亦随往院中居焉。

琢堂先赴任。余与子琴、芝堂等无事，辄出游。乘骑至华阴庙。过华封里，即尧时三祝处。庙内多秦槐汉柏，大皆三四抱，有槐中抱柏而生者，柏中抱槐而生者。殿廷古碑甚多。内有陈希夷书“福”“寿”字。华山之脚有玉泉院，即希夷先生化形骨蜕处。有石洞如斗室，塑先生卧像于石床。其地水净沙明，草多绛色，泉流甚急，修竹绕之。洞外一方亭，额曰“无忧亭”。旁有古树三株，纹如裂炭，叶似槐而色深，不知其名，土人即呼曰“无忧树”。太华之高不知几千仞，惜未能裹粮往登焉。归途见林柿正黄，就马上摘食之。土人呼止，弗听，嚼之涩甚，急吐去。下骑觅泉漱口，始能言。土人大笑。盖柿须摘下，煮一沸，始去其涩，余不知也。

十月初，琢堂自山东专人来接眷属，遂出潼关，由河南入鲁。山东济南府城内，西有大明湖，其中有历下亭、水香亭诸胜。夏月柳阴浓处，菡萏香来，载酒泛舟，极有幽趣。余冬日往视，但见衰柳寒烟，一水茫茫而已。趵突泉为济南七十二泉之冠。泉分三眼，从地底怒涌突起，势如腾沸。凡泉皆从上而下，此独从下而上，亦一奇也。池上有楼，供吕祖像，游者多于此品茶焉。

明年二月，余就馆莱阳。至丁卯秋，琢堂降官翰林，余亦入都。所谓登州海市，竟无从一见。

# 中山记历[佚]

瀛海曾乘汉使槎，中山风土纪皇华。

春云偶住留痕室，夜半涛声听煮茶。

——管贻葄

分题沈三白处士《浮生六记》[之五]

# 养生记道[佚]

白雪黄芽说有无，指归性命未全虚。

养生从此留真诀，休向嫏嬛问素书。

——管贻葄

分题沈三白处士《浮生六记》[之六]

## 光绪三年初版 跋

予妇兄杨甦補明经，曾于冷摊上购得《浮生六记》残本，为吴门处士沈三白所作，而轶其名。其所谓六记者，《闺房记乐》《闲情记趣》《坎坷记愁》《浪游记快》《中山记历》《养生记道》。今仅存四卷，而阙末后两卷，然则处士游屐所至，远至琉球，可谓豪矣。笔墨之间，缠绵哀感，一往情深，于伉俪尤敦笃。卜宅沧浪亭畔，颇擅山水林树之胜，每当茶熟香温，花开月上，夫妇开樽对饮，觅句联吟，其乐神仙中人不啻也。曾几何时，一切皆幻，此记之所由作也。予少时读书里中曹氏畏人小筑，屡阅此书，辄生艳羡，尝跋其后云："从来理有不能知，事有不必然，情有不容已。夫妇准以一生，而或至或不至者，何哉？盖得美妇，非数生修不能，而妇之有才有色者，辄为造物所忌，非寡即夭。然才人与才妇旷古不一合，苟合矣，即寡夭焉，何憾！正惟其寡夭焉，而情益深；不然，即百年相守，亦奚裨乎？呜呼！人生有不遇之感，兰杜有零落之悲。历来才色之妇，湮没终身，抑郁无聊，甚且失足堕行者不少矣，而得如所遇以夭者，抑亦难之。乃后之人凭吊，或嗟其命之不辰，或悼其寿之弗永，是不知造物者所以善全之意也。美妇得才人，虽死贤于不死。彼庸庸者，即使百年相守，而不必百年已泯然尽矣。造物所以忌之，正造物所以成之哉？”顾跋后未越一载，遽赋悼亡，若此语为之谶也。是书余惜未抄副本，旅粤以来，时忆及之。今闻甦補已出付尊闻阁主人以活字板排印，特邮寄此跋，附于卷末，志所始也。

丁丑秋九月中旬

淞北玉魫生王韬病中识

# 附录：沈复的一生

乾隆二十八年 癸未 1763年
正月，芸生
十一月二十二日，沈复生

乾隆三十一年 丙戌 1766年
沈复四岁
芸的父亲、沈复的舅舅陈心馀过世

乾隆四十年 乙未 1775年
沈复十三岁
七月十六日，沈母以金戒指为约给复、芸订婚

乾隆四十二年 丁酉 1777年
沈复十五岁
跟随父亲到浙江绍兴，师从赵传赵省斋先生，游吼山

乾隆四十三年 戊戌 1778年
沈复十六岁
跟随老师到杭州念书

乾隆四十五年 庚子 1780年
沈复十八岁
正月二十二日复、芸成婚

二月末，沈复回杭州念书
五月，经老师批准回苏州
六月，夫妇迁居我取轩，七夕节二人一起拜天孙
七月十五日二人赏月，受惊生病
中秋节傍晚游沧浪亭

乾隆四十六年 辛丑 1781年
沈复十九岁
八月，父亲重病回苏州，芸也大病卧床
这年冬天开始跟随蒋襄先生在奉贤习幕，结识顾金鉴（鸿干）

乾隆四十七年 壬寅 1782年
沈复二十岁
重阳节，和鸿干登寒山探索未来可以隐居的地方

乾隆四十八年 癸卯 1783年
沈复二十一岁
开春时候随从蒋襄先生去扬州
这年鸿干离世，年仅二十二岁

乾隆四十九年 甲辰 1784年
沈复二十二岁
天子南巡，随同父亲在吴江见驾
夏秋之交，陪同父亲游幕海宁

乾隆五十年 乙巳 1785年
沈复二十三岁
跟随父亲在海宁，因为写信的事，芸被父亲误会

乾隆五十二年 丁未 1787年
沈复二十五岁
去徽州绩溪做幕僚
芸生女儿青君

乾隆五十三年 戊申 1788年
沈复二十六岁
从绩溪回家，做起卖酒的生意
因为台湾林爽文之乱海路阻隔，酒囤着卖不出去，全部折了本

乾隆五十四年 己酉 1789年
沈复二十七岁
为生计做回本行，到江北游幕
芸生儿子逢森

乾隆五十五年 庚戌 1790年
沈复二十八岁
随同父亲在扬州做事
因为父亲纳妾的事，芸为婆婆误会，失了欢心

乾隆五十七年 壬子 1792年
沈复三十岁
开春到真州做事，因为父亲生病去扬州陪伴，于是也病倒了
父亲拆看了芸的来信，因误会芸的措辞大怒，夫妇只能从家里搬出，住到朋友鲁半舫的别居萧爽楼中，靠写字卖画刺绣为生

乾隆五十八年 癸丑 1793年
沈复三十一岁

开春和朋友们一起游南园
六月十八日，夫妇俩到吴江游玩，傍晚泊舟万年桥下
十月十日，沈复同表妹夫徐秀峰一道出发去广东行商，生日那天到达南安
十二月十五日，到达广州，在广东过年

乾隆五十九年 甲寅 1794年
沈复三十二岁
正月去“扬帮”船上冶游，其后常去游玩，花费百余金
五月原路返回，七月到家
父亲搞清楚了误会，到萧爽楼招呼夫妻俩回家

乾隆六十年 乙卯 1795年
沈复三十三岁
在青浦做幕僚
中秋节，夫妇陪同母亲游虎丘，芸第一次遇见憨园，十八日，芸和憨园结拜姊妹

嘉庆元年 丙辰 1796年
沈复三十四岁
憨园为有权势的人所夺，芸旧病复发

嘉庆二年 丁巳 1797年
沈复三十五岁
赋闲在家，和程墨安开书画铺

嘉庆五年 庚申 1800年
沈复三十八岁
八月十九日和朋友同游无隐寺，归作《无隐图》

芸十日绣《心经》，因此病情加重
十二月二十六日，夫妇往无锡华家投靠芸的结拜姐妹，在无锡过年

嘉庆六年 辛酉 1801年
沈复三十九岁
青君嫁入王家做养媳妇，逢森去学贸易
正月十七日到江阴，二十日到靖江，二十五日返回无锡
二月去上海，返程游虞山、剑门
到扬州做事

嘉庆七年 壬戌 1802年
沈复四十岁
八月收到芸的信，商量要到扬州来，于是在扬州租下两椽屋子
十月，芸带着侍童阿双到扬州
十一月沈复被裁

嘉庆八年 癸亥 1803年
沈复四十一岁
二月，芸发血疾，沈复再去靖江，借得二十五金，其间阿双卷逃
三月三十日，芸于扬州离世，年仅四十一岁
将芸安排妥当，沈复带着她的灵位回家
后仍返回扬州，卖画度日
九月，去江都给人顶差，在张禹门家过年

嘉庆九年 甲子 1804年
沈复四十二岁
三月，父亲过世，回家奔丧
夏天搬去大悲阁

七月，随夏莼芗去崇明
八九月，去东海永泰沙
在夏宅过年

嘉庆十年 乙丑 1805年
沈复四十三岁
正月，和夏家游灵岩、邓尉
游幞山，为夏介石画《幞山风木图》十二册
九月九日，随同石韫玉（琢堂）溯长江去重庆赴任
因琢堂升去潼关，暂留荆州，在那里过年

嘉庆十一年 丙寅 1806年
沈复四十四岁
二月，从荆州到樊城去潼关
四月，儿子逢森夭逝，是年十八
十月，照顾琢堂眷属去济南

嘉庆十二年 丁卯 1807年
沈复四十五岁
二月，去莱阳做事
秋天随同琢堂到北京

嘉庆十三年 戊辰 1808年
沈复四十六岁
作《浮生六记》

点缀盆中花石，
小景可以入画，
大景可以入神。
一瓯清茗，
神能趋入其中，
方可供幽斋之玩。

及长，爱花成癖，喜剪盆树。识张兰坡，始精剪枝养节之法，继悟接花叠石之道。

然一树剪成，
至少得三四十年。
余生平仅见吾乡万翁名彩章者，
一生剪成数树。

是时风和日丽，
遍地黄金，
青衫红袖，
越阡度陌，
蝶蜂乱飞，
令人不饮自醉。

夏月荷花初开时，
晚含而晓放，
芸用小纱囊撮茶叶少许，
置花心，
明早取出，
烹天泉水泡之，
香韵尤绝。

归途见林柿正黄，
就马上摘食之。
土人呼止，
弗听，
嚼之涩甚，
急吐去。
下骑觅泉漱口，
始能言。
土人大笑。

于是相挽登舟，返棹至万年桥下，阳乌犹未落也。舟窗尽落，清风徐来，纨扇罗衫，剖瓜解暑。

## 沈　复

字三白，号梅逸，江苏苏州人
清乾隆二十八年（1763年）生于姑苏城南沧浪亭畔士族文人之家
十九岁入幕，此后四十余年流转于全国各地
晚年著《浮生六记》六卷（后佚两卷），流传至今
然其所终不为人知

## 张佳玮

1983年生于江苏无锡
以其古今皆通之文笔独树一帜
因性情不拘、摒弃俗流，备受读者推崇

代表作：
《代表作和被代表作》《我这个普通人的生活》《无非求碗热汤喝》
《孤独的人都要吃饱》《既然已经走了这么远》《人生里，总有一段传奇在等你》

浮生六记

产品经理 | 黄　钟

特约编辑 | 姜楚雨

装帧设计 | 陆　震

媒介推广 | 王　珍

特约勘校 | 刘　朋

后期制作 | 朱君君

责任印制 | 梁拥军

出 品 人 | 吴　畏

**图书在版编目（CIP）数据**

浮生六记：插图本 /（清）沈复著；张佳玮译述；林曦绘. -- 天津：天津人民出版社，2019.8
ISBN 978-7-201-15080-2

Ⅰ.①浮… Ⅱ.①沈… ②张… ③林… Ⅲ.①古典散文—散文集—中国—清代 Ⅳ.①I264.9

中国版本图书馆CIP数据核字(2019)第182543号

浮生六记：插图本
FUSHENG LIU JI：CHATUBEN

出　　版　天津人民出版社
出 版 人　刘　庆
地　　址　天津市和平区西康路35号康岳大厦
邮政编码　300051
邮购电话　022-23332469
网　　址　http://www.tjrmcbs.com
电子信箱　reader@tjrmcbs.com

责任编辑　张　璐
产品经理　黄　钟
装帧设计　陆　震

制版印刷　天津丰富彩艺印刷有限公司
经　　销　新华书店
发　　行　果麦文化传媒股份有限公司
开　　本　880×1230毫米　1/32
印　　张　7.75
印　　数　1-10,000
插　　页　2
字　　数　145千字
版次印次　2019年8月第1版　2019年8月第1次印刷
定　　价　58.00元